秋夜

TsutOmu MiZukaMi

水上勉

P+D BOOKS

小学館

目次

秋夜

1

地縁という言葉があるかどうか。じつは地縁ではしっくり表現し得ないような、もっと、地の根のところからひっぱられている気がしてならなかった。たとえていえば、むかし子供のころに見た玩具で、うす紙の上にセルロイドの人形をならべ、紙のうらから蹄鉄型の磁石をうごかすと、足のうらに鉄粉をまぶされていた人形が、磁石の命ずる方向へすいよせられてうごいたけしきに似ている。私の足にも鉄粉がこびりついてあって、松原という土地の底に、磁鉄鉱のような力が働いていたのを、私は気づかずにいたのか、とその夜考えた。

Kからもらった案内状を見た時にも思ったし、六時の開会にまにあうよう渋谷からタクシーに乗った車内でも思った。Kは私が二十一歳の時に、S女との間にうまれた子で、私の生活苦と病苦に加えて、やがてくるだろう召集令のこともあってS女が思案して、子を他人にもらってもらった。その子がKであった。S女の子をあずけた先は明大前駅の近くのK家である。S女の知人の世話であった。世話した人とS女の相談で、あずけ先への配慮もあって私にだけKの行き先は告げられなかった。S女と私はそれで別れたが、そのS女と敗戦後早々に一度街で逢い、Kのことをきくと、戦災で死んでいるだろう、といった。私たちが別れてすぐ空襲ははげしくなり、新宿を中心に甲州街道ぞいが、焼け野と化したのは、昭和二十年の四月だときいた。この月は私も予測したとおり召集をうけて京都伏見の四三部隊にいた。もちろん、Kの消息などわかりはしない。S女の死んでいるだろう、といったことを私は信じるしかなかった。だが、S女が、再会の時にはじめて白状した子の行き先について、世田谷松原のうどんや、というのだけはのこっていた。それで、二どばかりだったと思うが、仕事の都合で、世田谷に用があり、帝都線や京王線に乗る時は、明大前をすぎる駅の近所のことが気になって、用もないのに降りてみたことがある。二どとも、二十一年から二年にかけてのことだから、復旧のめどもつかず、大きな屋敷町もあるのに焼けつくしたままで、商店も仮小舎(かりごや)づくりで、経営者も前とかわっていた。うどんやが気になって一、二軒尋ねたがKを知る者はなかった。のちにKが私という実父をさがしあてて、私も仰天する再会の日がくるのだけれど、その経過については省くとして、私にはとにかく、死んでいるかもしれぬとS女から告げられた子が生きていたのであるから、衝撃は当然ながら、二十二歳で捨てた父親というひけ目も生じ、何ともいえぬ落ちこんだ気持になったことをおぼえている。その落ちこんだ気持は、いまもKに会うたびに感じるものである。つづめていえば、女にだらしなかった私という人間が、二十代はじめに早やばやと結婚もしない相手に子をうませて、よそにもらってもらって、あっけらかんとしていたのだ。その暦の根雪のような部分が、とつぜん、三十五年も経ってからふきだしたようなあんばいだった。人にはかくしていたわけでもないが、死んでいるだろうと母親にいわれれば、それで、いくらか、けりがついたと思いきめていたのんき坊主の足もとがぐらついたといえる。

Kは、私と会ってから三十五年のこし方をくわしく語り、明大前が焼けた当時は運よく、養父母の知人をたよって岩手県下に疎開していたといった。ここらあたりに、戦後早々に実母がさがしても見当らなかった原因があったようで、私にも、死がつたえられたものと思う。いずれにしても、Kは三十五歳で登場したのだった。明大前の養父母のいた土地で早くからスナック店を張り、それが成功すると、近所に分店も出し、さらにそれが成功すると、旧店を小ホールと喫茶店につくりかえて、他の地で画廊を経営するにいたっていた。案内書はその小ホール開業十五周年の祝宴で、私にもぜひ出席してくれるようにと、Kのそえ書きであった。私は、その夜福井へ発たねばならぬ先約があったけれど、最終新幹線でゆけばすむと思い、六時の開宴なら、少時は出席できるよろこびもあって出かけたのだった。

よろこびといってしまったが、それだけではない感懐はつきまとっていた。つまり、会場には、Kの友人知人もいるだろうし、共通の知人でもある画家や、作家や、芸能界の人々も（Kは顔がひろいので）かなり出席している様子である。何となく、気が重いといえばいくらかそれるけれど、十五年も無事経営がつづいた祝宴はよろこびではあるが、心底ふかくで、私がまだ、私の過去のおろかな暦の空白部分のいくつかを、Kにもいわぬままにいることの堆積量に、吐息をついたといえる。

じつは、松原町には、もう一つのにがい思い出があった。そのことは、Kには伏せていた。

2

浦和にいた頃だからざっと三十五年前になる。逃げた妻（Kの母親のつぎに結婚した女性だ）が三歳の娘を私の手許に置いて去った。娘が母親の行方を問うのをだましだましてごまかしたが、日がたつにつれ、だましもきかなくなった。また私自身も、普段着のまま出たきりで音信もしてこない妻に、怒りもわいて、つとめ先のダンスホールや、ダンサー仲間のところへゆき、行方を聞きまわった。あとでわかったことによると、妻は慎重に計画をたて、普段着のまま八百屋へゆく姿で出たのも、その足で潜伏先へ向う都合からだった。計画に手落ちはなかった。ホールの支配人も、ダンサー仲間も、知らぬという。子をつれて行った私が、みすぼらしい身なりだし、当時はまだ敗戦後の食糧不足もあって親子ともほそっているのを眺め、気の毒そうに「何かのまちがいじゃないですかね。お子さんもいるのに帰られないなんて……ひとのすることとは思えんですがね」口ぐちに同情してくれた。おかしなもので、同情されると気分が滅入った。子もそれで、あらかたのことがわかるようすだったが、しつこく母を追わないようになり、歯を喰いしばるくせの母親似の顔で私を見るのであった。私は失業中だった。妻に逃げられてもしかたのないぐうたら男だが、子は衝撃だったろう。枕をならべて寝ていても、夜なかに子はときどき夢の中で誰かに会うらしくて、声をだしてわらった。私はその声におこされて、子の寝顔に見入ったりしたものだが、何とかして、母親の行方だけはつきとめて、子に本当のことをわからせ、もしもどってこぬ了見なら、しばらく、子は私の田舎へあずけて、勤め先を見つける考えにもなっていた。ところで私の失業は、じつは中小企業の出版社にいたのを、こっちからやめたのである。早起き出勤の会社には生来的に嫌気がさす性分で、才能もあるとは思えぬが、多少は人にもみとめられた童話と小説を書いて売りこみ、喰いつなごうと安易な考えをおこしていたのだった。ところが、それは裏目に出た。戦後わずかな期間だけ景気のよかった娯楽雑誌も、青息吐息の第二次不況期であった。持ち込み原稿を買ってくれても、掲載後二ヶ月ぐらいに稿料の半分が支払われる社はザラだった。それで、当然、無収入の月が生じ、共稼ぎとはいうものの、とうからこんな私に見切りをつけ、冷えた気持をかくしていた妻が、日本橋のダンスクラブからもち帰る金は日に三百円少々だったと思う。それもドレスの内側につくったポケットにしわにして入れて帰るもので、私と娘はその金を待ってくらし、私は気力のない子守りである。行方もつげずに家出した妻の無言そのものが、返答のようでもあったろうか。いつかくるはずのことが、早目にきてしまったわけだが、それでも数日は、ぽかんとし、一方では子供もいるのだから、もどってくるかもしれぬとも思った。甲斐性のない父親はよく子をもち出すものだ。私もそれに似てたかをくった。ところが、一と月たち、ふた月たっても帰ってこない。となると、不甲斐ない男にもいらだちが生じ、子をつれて、そこらじゅうを聞きまわる日に突入した。

松原へいったのはそんな一日である。ダンサー仲間のAというのがいて、松原の土地名をはじめて私に教えた。六丁目あたりにある印刷屋の息子で、Mという二十二、三の男でいつも妻の客になり、かなり仲間の眼にも親密に見えたという。だが、このMのことは妻の口からもきいていた。妻は客の二、三についてはよくしゃべった。

「おもしろい人よ。Mは年下だといった。印刷屋の長男で独身である。二五〇ccのオートバイを乗りこなし、父親の命ずる得意先へ校正刷りをとどけ、注文も聞き、仕事に励む男だそうだ。

と妻はいい、オートバイに乗ってきなさるのよ」

だが精勤な若者はダンスが好きで、仕事のあいまに、一時間か二時間を、オートバイは駐車場においで、七階にあるホールへ踊りにくるという。妻はもちろん、このMに好感をもっていた。これもあとでわかったことだが、じつは妻は、私にこのMのことをはなしていた頃から、Mと出来ており、私からMに乗りかえたい決意を秘めていたようだ。女というものは、別れたい夫には、相手の名を何げなく小出しに出しておくようなところももちあわせているらしい。しかし、当時の私は貧弱な読みしか出来ず、大事な相手なら、口に出しはすまいという判断があって、逃亡先にはMの所を除外していたのである。仲間のダンサーからそういわれると、大事な先をおろそかにしていたことがわかって、松原の六丁目というとどこらあたりだろうか、と聞きかえしている。

「くわしくはしらないけどさァ。明大前の駅からだいぶ入ったところらしいわよ。古い印刷屋さんらしいから、電話帳みればわかると思うのよ。M印刷といったから」

とその仲間は、いちど夜ふけに、ホールがはねて妻とエレベーターを降りてくると、従業員出入口の暗がりに、ホールへはこなかったはずのMがオートバイをまたいで待っていたのを見たそうだ。妻が仲間にさよならと合図して、そのうしろの荷台に用意されてある小座蒲団にとび乗ったかと思うと、Mにうしろからしがみついた。Mはエンジンをふかしてさっと表通りへ走り出ていったという。その時Aにはオートバイの腹にM印刷と赤地に白ぬきの字がよめたというのだ。私はそれならまちがいないなと思った。もちろん、このオートバイ云々の日は妻はまだ浦和にいたのだが。

明大前までは、国電で渋谷まできて、井の頭線に乗りかえた。その日も娘の手をひいていた。駅でおりて、カストリ焼酎や、バクダン酒を呑ませる屋台のならんだ線路ぞいを歩き、地図をたよりに、踏切のある通りへ出たが、あらかじめ電話帳でしらべてわかっていたから、その六丁目のM印刷の方へ折れていった。まだ、この当時は、女子体育大学の建物は町家の空に目立ち、ところどころに大欅(おおけやき)の生えた屋敷があった。ずいぶん歩いたと思う。ようやく屋敷町の中に、印刷屋のありそうな、酒屋、ミルクホール、荒物屋などのならぶ商店街へ出て、番地をきいてみた。印刷屋はなくて、いくらか高台になったその商店街をぬけて、降り勾配になったあたりに所番地があるのだった。だが、そこまで降りても印刷屋はなかった。そこで、娘の手をひきつつ、徒労を覚悟でさがしているうちに、同番地にMの父親の名にちがいない得太郎という表札のかかった家を見つけた。木の門からすぐ玄関にとどく二階家である。焼け残った一角であることは生垣や瓦ぶき屋根のしっかりした構えなどでわかった。印刷屋ではないけれど、経営主の住居だろう。あるいは印刷屋にしても、下請けの工場を別の場所にもっていて、住居をかねた事務所が家屋にあてられているのかもしれない。出版社にいたから、多少は印刷屋のありようについて知識はあるのだった。浦和から約二時間かけてきていたから、娘も私も腹が空いていた。私はベルを押した。内から男の声がして、やがて、戸があくと二十二、三の長身の男がにゅっと上りはなから半身を泳がせてのぞいた。Mにちがいなかった。男は、私がわきに娘をつれていたので、すぐわかったと見えて、一瞬、表情をこわばらせた。私は、私の名をいい、妻が二ヶ月前に家を出たまま帰らない。親戚知人をあたってみたが行方がしれない。と簡単にはなし、もし、妻のゆきそうな先をご存知なら教えてくれまいか、といった。Mはうなずいて、立話では何だからといって、私と娘を内へ招じた。上り口からすぐ二階へゆく階段がのぞいていた。左よこが洋間らしかったが、戸があいているので、眼をやると、そこに机が三つばかりならべられて、電話機が二つあった。ああ、やっぱり、ここで印刷屋か、と判断しながら、Mのみちびいてゆくままに奥へいった。そこは、裏庭の見える八畳ぐらいの和室で、ぬれ縁ごしに八つ手が植っているのがみえた。年寄りがいるのは二階らしい。ぎしぎし音がしている。Mはとつぜんのことなので、茶も出せないとことわったあとで、狼狽ぶりもあらわに、

「たしかに、ぼくは、よし子さん（妻の名）の客として白木（ホールの名）へ行ってますがさいきん、顔が見えないので、不思議に思っていました。お宅に帰ってらっしゃらないとなると

心配ですね。ご事情はわかりますが、ぼくにも見当はつかないのです。どうして……ぼくの家なんぞにあなたがこられたか、ちょっと、びっくりしています」

Mの顔は、ホールの支配人やダンサー仲間の視線とちがった誠実そうな眼ざしであり、とくに、私との約束を守って、三歳ながら、じっと相手の顔を見つめ、歯を喰いしばっている娘を見る眼には、かすかな冷たさが感じられた。私はMの顔からもちろん眼を離していなかった。嘘をついているなら、少しは、眼つきにそのような変ったところが出るだろう。ところが、そうでもなさそうだ。父親の経営する印刷屋を、自宅事務所できりまわし、オートバイを乗りまわしている男にふさわしく、岩乗(がんじょう)な軀つきでもある。私などの痩せ男とは比べものにならぬ実業家らしい精気がある。正直、打ちのめされたのだ。この男の背なかにしがみついて、妻が浦和へ帰る国電駅まで何度も送ってもらっていたかと思うと情ないようなわが身がふりかえられる。この世にひとりの女をかりにふたりの男が好きになったとすれば、どっちに女がなびくか。もう勝負はついている。Mは妻の話では、私より五つもわかく、妻と私とは二つちがいだから、Mは妻より三つ年下なのであった。当然その若さは肌にも男ぶりにも感じられたのだ。それに何といっても長身で六尺近いのは五尺二寸そこそこしかない私に劣等感をあたえる。

「ご存じないのでしたら、お邪魔したことは、申しわけないことになりました。どうかおゆるし下さい。子をつれて、こんな不甲斐ない姿をお見せして、なんともやりきれませんが……どうか、今日のことはわすれて下さい。失礼します」

私はうろたえつつこんなことをいったと思う。しどろもどろだったと思う。Mは玄関を出て私たちを外まで送ってきた。ここで不思議なことが起きた。私と娘が、露地を出て、六丁目の通りへ出た時、はす向いのタバコ屋へ、Mはさっと走って、窓口の向うにすわっている中年風の女に何かいって、代金をだし、タバコを買ったのである。私たちは、釣り銭を待っているらしいMのうしろ姿を見ながら、屋敷町の木蔭をひろってまた駅の方へもどっていった。

私がMの姿を見たのは、この時が一どきりである。あとで考えるとすっかりだまされていた三十分ぐらいの時間、ということになるが、ここで打ちあけておけば、妻はいまこのMの細君になり、健在で、二男一女の母親だときいている。Mはこの当時、まだ私の妻だったよし子をべつの場所に潜伏させていて、私と妻との協議離婚が成立する、それから一年ほどのちまで、表面に妻との関係を伏せていたようである。父親がやかましい人だったともきいた。沈着冷静な男だったと私には思える。

この帰り道に明大前駅近くのうどんやで娘と私は何か喰った記憶がある。このとき、私の頭にあったのは、Mのことではなくて、私を捨てたよし子と結婚する以前に、私と一年間ほど東中野で同棲していたS女のことだった。S女とのあいだになした男の子を、S女が、明大前駅近くのうどんやへ子にもらってもらったところが、空襲で焼けてしまっているといったことについてである。子の行った先のうどんやについては、もちろん探索の気持は断念していた。前記したように、二どばかり焼跡は見ていたし、よそにおくれている復旧ぶりにも多少の感懐はおぼえたけれど、空爆をうけた跡もまだあらわだった頃にとりわけて甲州街道では、明大校舎や、東本願寺別院の建物ばかりが目立つ簡易建物の混んだ商店街は眺めつくしていたのだ。凡庸で、のんき坊主だった私は子をあずけた同業のうどんやで、この日べつの女にうませた娘と押しだまってうどんの汁をすすっていたのである。このうどんやは、たぶん、踏切から駅に向う片側町にあった気がする。ひくい二階家で、まだスレート屋根だった。さだかではないものの、このあたり、今日になっても、まだ、小商店が櫛比(しっぴ)していて、どの構えもふるくさい。いちど、Kと酒を呑んだ時のはなしだ。

「あのあたり、発展もおくれているようだったね」

といってみたら、

「明大が予科だしね。むかしから学生町とはいってても、生徒は街に愛着がないんだな。貸間業者なんかも、二年で去る生徒だから手入れもあまり……それに、駅前通りのせまさと、店の多様性が、開発の邪魔をしてるんだよ……大きなのは銀行ぐらいかな」

といってKはわらったが、

「明大のほかに女子の体育大学があるけど、ここも、全寮制の歴史がながいから、街へくりだす娘さんもいないんだよね」

という。そして私の顔を見て、

「いまのママは二階堂だってね」

というのである。いまのママといわれると、説明をせねばならぬが、今日の私の妻のことをいう。彼女は、九州の出身であるが、田舎の高校を出ると、体操教師か保母を目ざして、松原のこの二階堂といった女子体育大学に入った。卒業後、わずかのあいだ板橋幼稚園につとめていたが、まもなく、私と知りあって、結婚したのだった。

地縁といったのはこのことをもふくめている。私が逃げた妻をさがして三歳の長女の手をひいてM印刷をさがしあて、まんまと、そこの長男にだまされ、近くに潜伏したはずの妻が昼間はM家の事務所に出て経理をやっていたとはしらず、会えずに出てきた日から、ざっと三十五年は経つ。娘をつれて、私がうどんをすすっていた線路ぞいの店から、歩いて五分とかからぬ甲州街道ぞいの表通りで、Kがスナック店をひらいていたのだ。Kがのち事業に成功して、そこを小ホールに改造した十五年前は、私の今日の妻はもう私のところへきていたから、短大在学中は、その数年前だから、小ホールをつくる直前だろう。

〈おれという男は、あの土地に……ひっぱられて、四十年をすごしてきたことになるな〉

車の中で、考えたのはそのことである。やっぱり、松原の地の底には、私の足だけをひきずる磁石のようなものが働いていて、私は三人の女にまつわってこの町を通りすぎてきた。そしていままた、Kのホールの十五周年に向うのである。

3

二階のホールは暗かった。常にはアングラ劇団が借りて有名になっているホールであるから、暗くて当然だが、天井の高い黒壁の真四角な空間に、五十人あまりの出席者がコの字に壁にへばりついて開会を待つ六時すこし前に私はあがっていった。大きな鞄をぶらさげていたので、迎えに階段下まできたKにわたして、私は隅のあいた席にすわった。私の到着を待つようにして、Kがいった。私ともう一人の文壇の長老のO氏の到着を待っていた。O氏からは、出席の通知をいただき、心待ちしていたのだが、つい今しがたO氏から、外へセーターをひっかけて出たものの、いやに冷える夜なので、風邪気味なのを案じて、気がかわって欠席することにすると電話がかかったといい、もう一人の私が到着したので、それでは、作家のNさんに乾杯のことばをいただきたいといった。中央には芝居用の二重がくまれて卓子の代用になり、ビールやおつまみや寿しの大皿が出ていた。Nさんは、手にしていた水割りコップを片手にして中へすすんだ。私とも親しい作家であった。これも不思議なことだが、Kは私と会う以前からNさんと親交があった。そういう共通の知人や画家の顔はほかにもあった。Nさんを皮切りに、入れかわり、立ちかわり、祝辞をのべる画壇の長老画家や大学教授や詩人は私にはまばゆかった。

「K君は暗闇を生きているような不思議な男でしてね。いや、まったくこの劇場の暗い雰囲気はまことにふさわしい。暗闇といえば、まことK君の来し方は、波瀾万丈であって、いまも、三つの事業をひとつ手でやりぬくという……不思議な腕をもっている……たのもしい限りだが、いろいろのことを考えさせる人でもある」

と私も親しくし、畏敬もしている老画家がいった。それからあとに立った教授のことばにもひとつひとつ誠実な肉声が出ていたと思う。それぞれ表現はちがうけれど、糸まきの手毬をほどいてゆくと中心部にとどくように、まっすぐにきこえたり、迂回してきこえた。私は、いい雰囲気だなと思い、Kはいま幸福だろうなと思った。すると、司会者が、私を名ざした。しか

に
なぜか視線をむける的に
たなく起った。所定の場所へいざって、背すじをのばそうとしたが、
戸惑った。と、この時、私を襲う、突然の感懐があった。それは、老画家のあいさつにあった
暗闇を生きてきたKという表現が、私にある思いをかりたてていたと思う。正直、Kの暗闇を
生きてきた云々はわかる気がした。だが、その暗闇を、あたえた側に私はいるのだと思った。
少なくとも、私は、Kに光明などあたえた実父ではなかった。老画家の表情を見ながら、そう
思ったのだが、老画家には、私を意識した眼ざしはなかった。ご自身が、そういうKへの思い
を早くからもち、私などが登場するずっと前から十五年間も、暗いホールで、前衛的な画家や
詩人の集りをかさねてきたKの、実にならないが好感のもてる事業をみとめた祝いことばのよ
うだとみてよかった。だが、暗闇云々については、私はその通りだと思い、私は、例外的に、
私のことばをひきださねばならないなと思ったのだ。だが、私に、この場合、何が人前でいえ
たろう。じつは、東京で、こんな人の集まる前で、私とKがならぶことは初体験だというしか
なかった。そうして、そのことは、私にとって、つらいことであるといった。私は、何かにつ
けて、私の残した暦から、いま成敗をうける年齢にきている。じつはこの松原という土地は、
いまの女房の縁もあって、……などといらぬことまでいっているうちに、ことばを収斂する力
を失ってしまい、ただうなだれるしかなかったのだった。

私がだらしないしゃべりを終えた時刻は、東京駅から出る最終新幹線にようやく間にあうか、あわないかのぎりぎりだった。私は、ことばの最後で、早くに立ち去らねばならぬ勝手をゆるしてほしいと詫び、Kのさしだす荷物をもってホールを出た。

「ぼくも帰るよ、東京駅までいっしょだ」

とNさんが追ってきた。私はタクシーの拾える表へ出た。寒かった。O氏が欠席されたのもわかった。秋末にしては冬のような肌を刺す風のつよい夜だった。高速道路の高架壁に面した街道だったし、ビルもたてこんでいるので、「ビル風」が吹きぬけるのだ。

「寒いね」

Nさんがいった。タクシーがきてのった。私たちは松原の高架線に沿って、インターチェンジのある高井戸よりへタクシーを走らせた。私は、Nさんとならんで、片側町のみえる窓から、ふたつめの通りのくるのを見すえていた。角に火災海上の看板のある通りであった。そこにきて車は速度をおとした。左折通りが住宅地にのびていて百メートルぐらい先に踏切の光りが見えた。あの向うに、M印刷のMがいた家があったな、と私は思った。それから、私は、その途中の左手よりには女子体育大学があったな、と思った。それだけではなかった。まだこの街には……と思った。Kにははなしていない女のことがもう一つうかんだ。むかし、といっても十年も前になるが、よく呑みにいった店で自殺未遂をやったホステスの住んでいたアパートも踏切に近いのだった。しかし、そんなことは、また時をあらためていってもいいことかもしれないな、と思った。

「あんたも、いろいろなことがあったよね」

とNさんがいった。

「あったね」

と私はいった。私がだまりこんでいるので、Nさんがいたわってくれているのがわかった。

〈いろいろあった。みんな闇の中へおしこめてきたつもりだったが……それが一つ一つその闇から顔を出してきて、おれを成敗している〉

そう思ったがいわなかった。駅へ急ぐため、高速へ入った車のゆれに身をゆだねながらタバコをとり出した。

そうだ、闇のなかへ押しこめてきたつもりでも、みな、おれの前へ、暦のすべてはあらわになってやってくる。どれ一つ、またいで死ぬわけにはゆかないだろう。自分にそう云いきかせた。

むげんの鳥

1

秋末の一日、若狭へ帰ったついでに、大拙和尚と儀山和尚の墓詣りに行き、さらに和尚たちの生れた村にある原子力発電所が定期点検のさいちゅうだったので、内部を見せてもらってきた。

大拙、儀山といっても知る人が少ないので、ちょっと説明しておくと、幕末に活躍した禅僧で、ふたりとも、福井県大飯郡大飯町字大島に生れた。大島は、いまでこそ原子力発電所で有名になり、半島に橋が架って、車で突端までゆけて、便利になったが、つい先年までは陸の孤島とよばれた辺境である。

ぼくの小学生のころは、ポンポン船で通うしかなくて、半島のつけ根の集落の子らがよく大風が吹くと、船便がなくなるので休校することが多かった。それで遠い突端にある村のことは、尚更辺境のように思えたものだった。大拙和尚は寛政九年（一七九七）、儀山和尚は享和二年（一八〇二）生れ。ともに、いま、原子力発電所のある大島の河村という四十戸足らずの小村出身である。大拙和尚の方は十歳で、五つ年下の儀山和尚は十一歳で村の寺で得度している。だがふたりとも村を出て、岡山曹源寺で太元孜元という老師について修行するのだが、当時は廃仏思想が旺んで、寺院も壊されて神主に転向する僧も多かった時代なのに、大拙はその僧侶にしがみついての修行がみのって京都相国寺の師家となり、儀山は太元のあとをついで曹源寺師家となった。二人は文盲少年だったはずなのに、その純禅の道をきわめ、大勢の雲水を育てた。のち明治となるに及んで鎌倉円覚寺に多数の軍人、政治家、文士などまでが参禅して臨済禅を復興させた釈宗演も、同じ若狭出身の縁で、曹源寺で修行している。よく耳にする禅話に、一滴の水を大切にする話がある。儀山和尚が晩年風呂へ入ろうとしたら、熱すぎた。雲水に水をもってこさせたところ、その雲水があとの残り水を無造作に庭へ捨てた。「馬鹿者め、草が泣き、木が泣きしている日照りの声がきこえぬか。なぜ、根もとまで歩いてかけてやらぬ」儀山が叱りつけたところ、この雲水は、和尚の一声で大悟し、その日から名を滴水とあらためた。のちの天龍寺師家となった由利滴水のことだが、こういう話は禅寺で小僧をつとめた者なら、誰でも聞かされた。私もじつはその儀山和尚の兄弟子にあたる大拙和尚が、晩年師家をつとめられた相国寺で、九歳から小僧をやったので、師匠からよくきいた。むずかしいことはわからぬけれど、儀山和尚のこの逸話は水の大切さにあったろう。和尚は辺境の貧家に生れたので、父母が水のことで苦労しているのを見て、理屈なしに、水のありがたさがわかっていたのだろう。無造作に捨てるのを見て勿体ないと思って叱ったにすぎない。由利滴水は、その声を人生の大事として聞いた。今でも、大島の漁村は水を惜しむ。古老の話によると、村の背には山が迫っていて、磯もせまいため、谷水が少ない。飲料用にそこらじゅうを掘ってみるが、岩盤が固くて井戸は成功せぬ。それゆえ、天水を屋根にため、風呂のあとは、雑巾をつかい、狸や狐まで風呂につからせてやったと古老はいう。あとの残り湯は畠の肥料にしたにしても、まさか狸や狐までが貰い風呂にきたとは思えぬものの、古老の話には実感が出ていて、一戸に風呂がたてば、隣近所から大勢貰いにきた様子がわかる。

儀山和尚の一滴の水を惜しむ思いも、思想だの何のという学智世界のことではなくて、旱魃で泣いていた父母の顔が、老師の脳裡からはなれていなかったことのように思える。まあ、このようなことがあって、いつか、この大和尚たちの故郷を訪れた際には、墓詣りぐらいはしてきたい、と私はかねがね思ってきた。

大島へゆくには、むかしは船着場だった内陸側の岸から橋をわたって車で二十分くらいで、河村までゆけた。和尚たちが、幼時に頭を剃ってもらった寺は東源寺といい、集落に残っているときいた。また二人の生家もあることゆえ少しは古い話もきける上に、墓参もかなえられようと、楽しみがわいて、車をとばした。背山の向うまでトンネルが出来て、一路原子力発電所へゆける舗装道路を途中で、海岸集落へ右折して、ぶらぶら歩いてみた。集落は二十戸足らずの磯に長くのびた孤村である。大拙和尚の生家は友本家といい、海岸にそうた旧道に面していた。もちろん、昔の家ではなく、発電所が建設されたことでどの家もがそうなったようで、新築の二階建てに変り、とても漁家とは思えぬ、サッシ窓をめぐらせた明るい構えである。家の入口に、「友本大拙和尚生誕地」と石に彫んだ字がよめた。そこから五十メートルとはなれぬやや高みに後家が儀山和尚の生家なので訪れてみると、やはりここも明るい修築をすませた瓦屋根の構えで、庭の入口に「後儀山和尚生誕地」と彫まれた一メートルそこそこの標石が立っていた。話にきくと最近になって町の教育委員会が建てたものだそうだ。両家ともに和尚たちの後裔が住んでおられたので、和尚の幼年期のことをきいてみると、幼名さえわからなかった。江戸末期のことゆえ、姓はなくても、捨吉とか源助とか、子供にも名前はあったはずである。ところがその記録もなかった。どちらも、家業を継いで、村にのこる長男ではなかったためで、菩提寺の過去帳にもないそうだ。そこで、東源寺が、大拙和尚の師家をつとめられた相国寺の末派でもあるので、剃髪もされた受業の寺ゆえ、何か記録はあろうかと出かけてみた。村からわずか山よりで、新国道の方にもどった高みにあった。本堂庫裡の建物はそう大きくはないが、小綺麗に修復されており、寺も原発のおかげで裕福になった様子がうかがわれたが、ちょうど、和尚は留守。留守居の人にきいてみると、寺墓にはそんな和尚の墓はない、とのこと。情ない気分になった。結局、どこをさがしても村に、二人の和尚の墓もだが、出自の頃を話してくれる人はなかった。大拙和尚は京都相国寺、儀山和尚は、岡山曹源寺で亡くなられている住職ゆえ、その寺墓へゆけば墓碑は見つかろうけれど、ぼくは、故郷で、和尚たちが眠る光景を見たかったのである。考えてみると、これは勝手なぼくの思いだったかもしれない。むかしから、若狭地方で、次三男の行方の記録されたことは無きに等しいといえた。貧寒地の寺や役場の登録簿に家を守る長男の歴史は誌されても、他郷で生死をおくった次三男の記録はなかった。墓がなくても当然である。彼らは「出家」でなくても、地場産業と土地のない村へは帰れなかった。もう一つの家出人たちだった。都会で死んで消息を絶った。だが、そうは思っても、高僧といわれる人たちゆえ何かありそうだとねばってみたのだが、徒労に終った。ぼくを案内してくれていた発電所のOさんも、

「そんなもんですかねェ」

をくりかえし、車で発電所の方へもどろうとした時、残念そうに、

「そうでしょうな。次三男の墓までつくってたら小さい村のことだから墓場がどれだけあっても足りませんやろ」

という。

2

原子力発電所は、河村集落のうら側にあった。半島は、内陸側からみると、牛が寝たように見えている。その先端の方に、ふたつ小山がもりあがってちょうど、その小山のうらから、牛の首にあたる方角へ向けて、外海に面した岩盤地をえぐって原発はつくられている。もともとそこに、入江があって、低い谷がかくれていた様子だが、そんな所を適地とみて、工事されたのだろう。外海だから、高波のよせる岩肌を背に、白い巨大なドームがふたつならんで建つけしきは、先程まで異郷で死んだ和尚たちの墓をさがしていた村の閑雅さとは正反対で、とつぜん化物(ばけもの)が立ちはだかったようで息をつめた。というのは、コンクリートの肌には折から秋陽のさす午前のことでもあったので、落葉樹林の蒼黒い色が斑(まだら)にさわいで浮き立ち、それに、何とも、無気味なほどドームの図体が大きいので、びっくりしたのだ。

円型の巨大な建物だけではなかった。えぐられた山の斜面を降りて行ったので全景がよく見えたのだが、手前に、四角い横長の学校舎ぐらいの二階建てがへばりついている。六年ほど前から運転をはじめた一、二号機が円型ドームの中身で、そのあいだが原子炉建屋。その向うがタービン建屋である。手前の方は、事務所で、それに三号、四号の増設予定地が、谷のつづきを切りくずしている最中なので、クレーン車が大きなカマキリのように空につき出ており、内臓をむき出した山肌も痛々しい。Oさんとふたりで、車で玄関についた時は、気分がちょっと滅入った。

Oさんのことを説明しておく。大阪の電力本社につとめる友人で、私とは、数年前から人権問題のことで懇ろになった。自閉症のお子さんがあって、私にも脊椎損傷の娘がいることから、ふたりは、会合で顔をあわせるようになり、このたびぼくが両和尚の墓詣りにゆく計画をはなすと、そこは会社の先端現場でもあるから自分も一しょに和尚の里がみたい。ついでに、発電所を案内しよう、ということになった。Oさんは本社員ではあるが担当は、総務関係なので、現場とは直接かかわりはないけれども大飯の発電所長とは面識もある由だった。ふつう、原子力発電所の構内見学は、定期点検時以外はやたらな人には見せないことになっているそうだが、折よく点検中だったのと、Oさんを介したことで、しかもその日が日曜日でもあったので、Oさん自身も休日がとれて、案内役を買ってもらえた。

玄関を入って、二階へあがると、応接間に通されて係の人から説明をうけた。ちょうど点検中なのは二号機である。大飯町発電所の一、二号の出力はどちらも一一七万五千キロワット。

二機で京都府全部のエネルギーの四分の一をまかなっているときく。それで、だいたいの規模はわかってもらえよう。発電所が発行している原色刷りのパンフレットをわたされた。見ると、構内の配置図、素人に向けての説明書だから図版や数字が多い。元来、ぼくはメカニックな建物の説明や、機械の操作にかかわる話はにが手で、専門語に入る用語もひとつひとつ聞き直さないと了解できないし、理解力もなかった。はるばる若狭まで来て、自慢にもならない話だった。そのうえ、日曜日なのに出社してもらっている係の方に申しわけない思いもして真剣にならざるを得なかったが、真剣になってもわからないものはわからない。いちいちこだわりながら、説明をきいていった。それによると、ウランの燃料棒というものは分裂をおこさせると、高熱が出て、それに水をかけると、蒸気が出る、この噴出力を利用してタービンを廻して電気をつくる。問題はウラン燃料棒なるものが人間にも、自然にも有害な放射性物質を発生するので、これが漏れないよう、機内にとりつけるにしても稼動中にしても、安全であるよう監視をつづけねばならない。万が一のことがあると、アメリカのスリーマイル島の恐怖やヒロシマの悲惨につながらないともかぎらない。係の人は、石油や石炭に替った厄介なものを材料にする発電所なので安全を期するためには、三重、四重の対策をめぐらし、実際には起り得ない事故まで想定して万全の構えをしていると力説した。早い話が燃料棒を被覆管に入れて、さらに陶器のようなもので被い、さらに、鋼鉄製の容器でつつんだ上に、鉄製の格納容器におさめ、事故があれば水をかける装置もあるという。そこで、私はよくわからぬなりにとにかく、見せてもらうことにした。点検中つまり、分解掃除中のドームの中へ入るのである。Oさんといっしょに上着をぬいで、用意された作業着に着かえ、黄色い鉄カブトをかぶった。そしてタービンの廻っている（一号機が動いているので）建屋をぬけた。羽根つきタービンが大音をたてていたので、Oさんと話すのは大声でないときこえなかった。ぼくらについてきたのは、Oさんの知りあいの所長さんと、さっき説明してくれた係員だった。タービン建屋から原子炉稼動建屋に入る手前に、中央制御室があった。そこへゆくと、十数人の若い人たちが、机に向ったり、立ったりして、周囲の壁にある何百個という操作ボタンや、報知盤に明滅するサインを見つめていた。運転管理の最前線にある所員である。鶯いろの作業服に同色の布帽子をかぶっているので、若いのか、年輩なのかわかりにくい。ぼくは、アメリカへゆく飛行機のなかで、一ど操縦室を見学したことがあったが、だいたい、あんなふうに、こまかい何もかもの装置が、ランプの明滅でわかるようになって壁面いっぱいにあったとみていい。係の人が説明しようとしたが、ぼくにわかるのは、文字盤に明りがついて、それが算用数字で一五七・〇〇とよめるくらいだった。これはいま燃えている一号機のウラン燃料棒の力でつくられつつある電力量の報知機であることぐらいはわかる。

中央制御室を出て、ぼくはOさんと、浴室の手前で携帯ラジオのような偏平な四角いものをわたされて、ポケットに入れるよう指示をうけた。ベルだそうだ。放射能をかぶる量が多くなると鳴る仕掛になっていて、鳴ればドームを出なければならない。イヤなものをもらった感じがした。やがてこれも飛行機に乗るときボディチェックをうけるあのやり方で厳重なチェックをうけて、長いクツ下をはかされ、看護婦がかぶるような帽子もかぶらせられた。クツは鶯いろのズック製だったと思う。

ぼくはその頃、しだいに妙な気分になっていた。というのは、玄関を入ったころから多少気分に変動が生じていたのだが、事務所の二階で、説明をうけていた頃はそうでもなかったのに、(まだ窓から海も空も山も見えていた) 建屋へ入ってからは、異様な金属製の箱へ入れられた感じで、しかも、そこを出て制御室へ入れば、急に天井が低くなって、やたらに機械の眼が自分を見つめている気がしたのである。事実、大勢の社員は機械を見すえているようではあったが、機械に見られているような気もしたのだ。浴室(これははっきりせぬが匂いでわかったのと、箱の隅で二、三名の男がパンツ一枚きりの裸姿でドアを蹴ってゆくのが見えた)のあたりへきた時から、今まで山枇杷(やまびわ)のしげった落葉樹林帯の山にいた気分が遠のいて、不思議な人工的な世界に案内されて、周りの機器から耳もふさがれ、口もふさがれているような嫌な気分だった。実は耳はきこえ、口もきけていたのだが、そこに自然の空気というよりは、べつの人工的空気による空間がひろがっていたのである。こんなところで一日じゅう働いておれば、人によっては頭が変になりはしないか、と馬鹿げた思いもしてくる。Oさんとの関係も障害児をもつ親のふたりというよりは、とつぜん、機械の一部にくくられて、ただ、感情だけでわらったり、口をまげたりすることで交しあっている。嫌なといったのはそういう非人間的な感触である。つまり、こんなところに長くいてはとてもダメだといった思いがしたのである。外来見学者の勝手な感想で、働いている人に申しわけないが、正直なところそうだったのだから致し方がない。

問題の点検中の原子炉格納容器の中へ入ったのは、それからまもなかった。三十人近い作業着の人が働いていた。補助建屋は、ひろい劇場の左右ふところに似た空間である。炉心部から、ウラン燃料棒をよそへうつしたあと、鬼のいぬ間の洗濯ともいえる一切の関連道具を空間部へひきうつして一つ一つを分解点検している様子である。何もかも巨大な部分品なのでもちあげるためのクレーンや、レール車のうごく音と、男たちのかわしあう叫声が内壁にはじける。それが、まるいドームの壁面を這って拡大されてくる。ぼくは、係の人に案内されて、危ない鉄板をわたった。空っぽになっている炉心部の、百メートルぐらいはあるだろうふかい穴を見た。宙ぶらりんになった丸い筒状のものにいくつものケタがわたり、綱がまかれ、要所要所に作業員が、岩にしがみつく登山者のように見える。その下方は遠い穴底で円型の壁面が、巨大な提灯のうらを露わにしたような螺旋をえがいている。蟻のようにうごいている人がいる。何をしているのかわからぬが、機械のない壁面や平面を、何か拭っているようでもある。と、どこからともなく、鳥の啼くような音がした。機械がこすれたり、人が叫ぶ声ではなかった。たしかに鳥だろうと思う。まさかと思ったのだが、尾をひくそのひびきは無気味だった。

「これですよ」

Oさんがぼくが耳をたてたので自分の作業着のポケットへしまいこんだ固い携帯ラジオのようなものをみた。ぼくのが鳴っているのではなく、どこかで作業中の誰かのものが鳴っているらしい。ぼくは耳をすました。

ピーウ、ピーウ

ときこえる。ぼくは、急に、眼の前の、人工ドームの深い褐色の壁面と、螺旋の金属線がチカチカ光る穴底を蟻のようにうごく人影が、啼く鳥に思えて息をつめた。

ぼくは、やがてその点検中のドームから出た。ドームの中できこえた鳥に似た音は消えた。

それから、ぼくは補助建屋の一角で、待機中のウラン燃料棒をかこった四角い箱が、ちょうど、酒屋からビールを打買いしたときにはこばれてくる枠のついた容器に似ていて、断面の切口に頭部を見せて、深さ五十メートルもありそうな人工水の底に何百と埋められているのを見た。厄介な燃料棒だから、そういうふうにして貯蔵されている様子だった。冷却水は海水から塩分を発散させて、ま水に変容させるときいた。人工水ゆえに、生物が棲めない水の由だった。そういう得体のしれない水が、何十メートルものふかさで、底に異様な燃料棒の集団をしずめて、波もたてず、しずかにうち沈んでいる光景は、青い透明な層のあついガラスごしに魔物をのぞくようでもある。一瞬、眼をすいこまれたが、これも、なぜかしだいに、凝視するにたえられない気分を体内に生じさせて、ぼくはかすかな吐気がして困った。やがて眼をつぶって足早にそこを出て、浴室前のゲートにきて解放された。

3

あれは、むげんの鳥の啼き声だ。そう思いはじめるのは、事務室を出て、廃棄物処理場へ向うバスの中だったかと思う。越前の紙漉き村を訪ねた時のことだからもう二十年も前になる。

和紙づくりで人間国宝だった岩野市兵衛（いちべえ）さんは七十二、三でまだお元気だった。いろいろ苦労話をきいている時だ。何でも、春先に山へ入って、コウゾやミツマタを伐（き）って束にして背負って帰る。たいがい夜になった。道がわからぬようなことがあるので月夜をえらんで山へ入ったが、きまってその鳥は、谷底の漆黒の闇で啼いていたそうだ。正体を見たことはないので説明しにくいが、変に長く尾をひいて、啼く。鳥は見えぬ場所から人間相手に何かよびかわそうとしているようだったという。

「女房をよぶのかな。死んだ親をよぶのかな。いや、女が男をよぶのかもしれん。あるいはわしをよんどったのかもしれん」

　市兵衛さんはいった。

「とにかく、ピーウ、ピーウと地獄から火をとりにくるような声でのう。正体のわからん鳥なんで……気味がわるい」

　きいていて、若狭にも冬の夜に正体のわからない鳥が啼くのを子供の頃にきいた話をぼくは市兵衛さんに話したように思う。

「やっぱり語尾を長くひいてましたよ。誰か人間をよぶような……自分の居場所を、ある相手だけに教えようとしているようなふうに……それが梢の上なのか、地めんなのか、居場所がわからない」

と、ぼくがいうと、市兵衛さんも、あいづちをうち、

「一切の鳥がねむっているというのに、ひとりだけ起きているというのは気味がわるいのう」

とわらった。あるいは虎つぐみの雄ではないかとか、山鳩の一種ではないか、と人からきくのはのちのことだ。じつは、長く冬越しもした軽井沢の夜なかにもきこえたことがあった。軽井沢のはしかし、ピーッと尾を長くひいて、いつ果てるともしれないくらい細く啼きつづけていた。出入りの大工は、「鳩だよ」といっていたが、鳩がそのように細く長く啼くのはおかしく思えた。あれはウーッウーッと短かく、哀訴するように啼くと思う。

きっとむげんの鳥だろう。正体を見た人は誰もいないのだから。それゆえにむげんの鳥と越前若狭の人はよぶのだ。市兵衛さんは地獄から火をとりにくるものの声だといったほどだ。

バスの中で、発電所長が一しょだったので、きいてみる。

「さっき見た建屋の中のま水のことですが、あれは、どこからひいてきとるんですか」

「ひく？」

と所長さんはぼくを見た。

「つまり、このあたり、むかしから水が出なかったでしょう」

「そのとおりです。山水は少なかった。工事中の作業員の生活にも不便でした。それで冷却水用のはみな海水から人工でつくります。けれどそれは呑めません。生活用のものは、谷にボーリングして汲みあげています」

「出ているんですか」

「はい、豊富とはいえませんがね。これから、三号、四号の建設がはじまれば、尚更、新規に井戸は掘らねばなりませんでしょう」

と所長さんはいった。人工のま水には生き物は棲めない、と所長さんのいったことは、問いなおしてみると、清水魚棲まずと同じで、人間の呑み水は鳥やけものの死体を洗った雨水が地に滲みたものを汲みあげたのがおいしいようだ。ぼくは、江戸時代からそのおいしい自然の水が出なくて困った歴史をもつ集落のことを思い、古老の話をしてみた。

「儀山和尚の話はよくわたしもきいております」

と所長さんはいった。

「発電所で試掘して出た水が生活用に適することがわかった時、先ず村の方に喜んでもらおうと、管をひいてさしあげることにしました。よろこんでもらえたと思っています」

「江戸時代に掘れなかったのが、発電所の道具が近代兵器なので成功したとうけとっていいですか」

「そのとおりですね。生活水は何といっても大事で今日でも、まだ、わたしたちは満足しておりません。三号、四号の建設がすすむと、水路もかわって出がわるくなると思いますから、試掘はつづけねばなりません」

河村地区をはじめ発電所の近くの村には明治以後不足してきたま水が今日になって、原発のおかげでゆきわたっているらしかった。

廃棄物貯蔵庫は、ドームのある谷から、外海側へ切通しにされた先の台地にあった。すぐ断崖になっていて、波の音も荒かった。山頂をならした人工台地に、平屋建ての窓のないコンクリートの四角い建物が、木にかこまれていた。入口に植込みのあしらいがあって、それがひどく不似合に思えた。山枇杷の原始林を切りとった所に、わずかなみどりをあしらっているのだが、運動場に、大きな物置きを建てたようでもある。放射能をあびて働く作業員の衣服や、帽子や、靴を押圧して、焼いた灰をつめこんだドラム缶が貯(たくわ)えられるということだ。もっとも、原子力発電所の廃棄物はそれだけではない。冷却水をもとへもどして使うから、温水を冷却するための海水も濾して海へ流すので、放射性物質をふくむゴミやクズはいろいろ出るのである。こんなものこそ厳重に始末せねばならないという。ところがこの厄介なゴミは国内どこにもひきとり手がなくて、炊飯器や風呂まで、毎日つかう電力をこの原子力発電からまかなわれている京都府下の住民でさえがひきとるのをいやがっているということだ。ぼくは、死ねば土に穴を掘って人をうめてきた大島半島の生活を思った。次男、三男の消えていた村を思った。都会へ出てもどってこない人々のこともである。その都会の人は廃棄物を拒否しているのだった。電力は都会へおくるが、都会の人はまだ火葬場さえもたないでいる今日の漁民のくらしを嫌うのである。

「一年に六百ずつたまると十年で六千個。三号、四号がふえると倍になりますね。一万二千。通説では五十年も原子炉はもつときいていますが、五十年たつと、六十万個の廃棄物のドラム缶になりますね、こんな貯蔵庫ではとても足りなくなりませんか。高層建築にでもしないと……」

「そのとおりですが、研究をつんでゆけば、廃棄物も構内で処理できて、量が少なくなるだろうと思います」

と所長はいって、わらった。ぼくはこの所長さんにも、Oさんにもいってなかったが、大島集落の漁民が、漁業を捨てて釣り宿の民宿をひらいたり、発電所の工事現場や、ドームの清掃人夫で働くのを知っていた。ポケット警報器を上着にかくして、じつはぼくの実弟も、その子らも、あわせて十人以上の親戚の次三男らが、今日では都会へゆくのをやめて、原子力発電所で働いていた。もちろん、関西電力社員ではなく、何ばんめかの下請業者の日傭人夫だった。弟も五十すぎて下請で働いていたが、あうたびに廃棄物の話をして、

「わしら人夫の服とパンツとクツ下を焼いたのこりの灰やさかいな、都会の者が心配するほどのことはないで」

と暢気にいった。そうして、なぜかわらうのだった。パンツや服を焼いた灰にまで、放射性物質が微量にしろしみこんでいる作業場への、嫌悪感がうすれているのは気になることだった。もっとも、この弟は、この春休日の一日、高血圧で倒れて、下請工場を追われた。手足がしびれて歩行もままならぬ不具の身になった。もう羽ぬけ鳥や、あかん、といっているけれど、三年間のあいだに炉心部へ入った日もあって、ポケットベルが鳴っても働きつめている人たちがいたといい、ドームの汗をふいた雑巾や作業員の衣服を、雑役の主婦が、抱きかかえただけでも、胸のポケットベルが鳴りひびいていた状況もよくはなしてくれた。しかし、ぼくは弟のはなしからもポケットベルがむげんの鳥の声にきこえるとはきかなかった。弟はドームの外ではかりきいていたからだろうか。

いまそのことを所長にはなさず、白い肌の窓のないいやにすべすべしたコンクリートの建物

が、地球のクズとも思えるゴミの入ったドラム缶を大切そうにしまいこんで、扉を閉ざしている表情が、どこか陽気で、閑雅で、枇杷山の落葉樹林を背にしずまっているだけに、無気味に思えたのである……。

車へもどる時、植込まれたあしらいもちの枝に、朱い実が鈴なりについているのが一本だけ眼についた。秋陽をうけてそれが南天みたいに光っていた。渡り鳥の二、三羽がきて、葉をうごかしている。あれは灰いろまだらの羽だったからひよどりだったかもしれん。若狭の秋末は鳥が多い。むげんの鳥といわれる鳥もそれらの仲間の一羽の老鳥で、死んだか、行方わからぬ妻や子を思って孤独に山の奥で啼いているのかもしれぬ。

1

段の忠七に召集令がきて、伏見の野砲隊に入った日のことをよくおぼえている。春さきのうすら寒い一日で、出発前夜は段の家にめずらしく灯がともって、村の衆の提灯がみかんをならべたみたいに田なか道に長くつづいた。歌もきこえた。翌朝、底倉の宮の鳥居下で、忠七は人絹のうぐいす色国民服の胸に役場からもらった赤襷をかけて、酔いののこった赧ら顔をひきしめ、

「眼の見えんおばばと嬶ァをのこしてゆきますさけ、世話になりますのう。……よろしゅうたのみます。自分はいっしょけんめい、いっしょけんめい」

といったあと、ことばを端折ってわらった。女たちのなかに鼻をすする者がいた。ぼくも石段下の一番うしろから見ていたが、忠七のわきには五つぐらい年上とわかる女が、うつろな眼で、忠七を見ていて、急に忠七が挨拶を端折ったので、いたたまれなさそうにうつむいた。忠七の母親は宮前にいなかった。段の家にいた。忠七は、二十四。中年風に下っ腹の出たそり身をのけぞらせて、役場の兵事係に尾いて底倉を出た。村しもで送り人は半分ぐらいに減って、遠縁の者ら十二、三人が駅へ向った。小造りな年上の嫁は、ひと足おくれてついていった。い

まもそれがぼくの瞼にある。

段の家で、眼のつぶれた義母とふたりきりになった嫁はお鳥といった。村小使をしはじめたのは、忠七の出征直後だ。お鳥という名にぼくは他所人めいた感じをうけた。ふれごとをいいにくる時は、家の柿の下まできて、息をはずませて柿に手をついた。耳上から出てくる高声で用事をいう。額のせまい小造りながら、片えくぼのできる平べったい顔はわずかな眇でもあって、妙に女めいた。散歩中に道であうと、お鳥はぼくにあいそよく会釈した。そんな時にも片えくぼが目立った。

お鳥は春夏は、地主の田仕事に使われてよく働いた。底倉の小作田は地主も作業をきらう泥田が多い。苗植えは胸まで泥につかるし、刈りとりは舟でやるか、田下駄をはかねばならない。お鳥は分のわるい仕事も、早くきてやり、終いもおそかった。それで重宝された。地主のひとりが、家にいる忠七の母親を案じて、タネ芋のあまりなどをくれてやると、お鳥は地べたに髪がつくほど頭をさげて礼をのべてからカマスの芋をかついで帰った。地主にかぎらず、他の者が何ぞ足りぬものがないかと、ふれごとにくる時にたずねれば、お鳥は、

「なんもいりませんわいのう」

といった。このなんもいりませんわいのう、というのが、お鳥のくせで、お鳥の訛りが出た。

村の連中の中に真似をする者が出たが、ある人が、お島に、どこのなまりか、ときくと、

「大島のゼンライさんのいわんしたことやがのう」

とこたえた。お島が底倉の谷を流れる佐分利（さぶり）川の河口から見ると、沖に棒を倒したように見える半島の出だとわかるのは、そういう一日からだ。ゼンライというのは、大島を出て坊さまになった人の名で、お島の村の誰もが尊敬している禅僧だった。ゼンライさんはどういう人か、ときくと、

「うしろの家から出やんしたえらい坊（ぼん）さんでのう」

とお島はこたえた。うしろというのは、たぶんお島がうまれた家のうしろの家という意味だろうか、と底倉の者たちはきいた。あとでわかることだが、お島がいったうしろとは「後氏（うしろ）」のことで、十七戸しかない大島の集落に一戸しかない姓だった。江戸末期に島を枇杷舟（びわぶね）にのって出た十一歳の少年が、岡山曹源寺で修行して、のちに京都の大徳寺管長になった。その和尚を儀山善来（ぎさんぜんらい）といった。お島はこの善来和尚の遠縁にあたるという。くわしくいっておくと、和尚の従兄の孫にあたったのだがもちろん底倉でくらす期間に、お島はそんなことを自慢めいていったわけではない。

「なんもいらんがのう」

とお鳥は、人がものをくれてやろうとすると、そういって気持よくうけとった。欲はないようすだけれど、物がすべて不要だというふうには見えない。だが欲のない云い方なのだった。それが、底倉の連中に、他所人らしい訛りをともなって、程(ほど)を心得た行儀のよい女に思わせた。器量はわるい方だが、心性のよい女だ、二日に一度はふれごとで門ぐちに立つと、村の男たちも、忠七がいなくなった留守の家で、足腰のたたぬ義母とくらすお鳥の、女ざかりの尻のもりあがりを見すえるのだが、夜這いに段の上まで出かけていった若者が、その欲のないお鳥に手を噛まれてもどってきたという噂もあった。まだ昭和十五年頃だから戦争も勝ちいくさで、世間はのちにくらべればのんびりしていた。一つだけぼくの記憶に鮮明なのは、寺の下の弥八の母家の建て前で餅まきがあった夕方だ。弥八は素封家(そほうか)でもあったので、建て前の日取りがきまると子供らの口から、村じゅうに餅がまかれる噂がひろまり、当日の夕刻、母家のとりはらわれた屋敷に、香りのする檜(ひのき)材の太い柱が立ち、棟梁(とうりょう)が正装して梁(はり)にわたした足場板に正座し、神主もいて、五、六十人の大人子供が下(した)に集まった。神主の祝詞(のりと)がすんで、いよいよ餅はまかれた。梁の足場に立った弥八の一族が、いくつかの俵をもちあげ、万遍なくつきたての丸餅を投げたが、ひとしきりの混乱が去って、いよいよ、最後に、いくらかのこり餅の入った俵ごとを四方へ投げたとき、その一つが旧家のこととて、大鯉が何匹も棲んでいる池に落ちた。と、その池に向って、俵にひっぱられるように両手をあげて岸まで走った女が、片足水につけ、しゃがみ腰で、しずみそうになる俵をつかんでいた。ひっつめ髪のかたちと、肩をふる背姿で、それがぼくにもすぐお鳥とわかった。

「よう、ようーッ」

男たちから声があがった。女子供にはとれない俵を、高々ととりあげてみせるのは、長身の大男ときまっていたが、池へ落ちたおかげで女がせしめた一瞬を、男たちは羨(うらや)み半分で声をだした。お鳥は、ずぶぬれの俵をかかえて岸にあがり、ペコリとお辞儀して、おうきんのう、おうきんのうといい、梁の上の当主の弥八にも一礼し、足早に去っていった。なんもいらんがのうと口ぐせにいっていたお鳥にしては、敏捷(びんしょう)な俵拾いの一瞬だったので、いつ餅ひろい仲間にまじっていたのか、気づかなかった人も感心していた。ぼくも、この時、弥八の屋敷の隅で足もとに落ちてきた小餅を一つぐらい拾ったが、人ごみの中をす早く消えるお鳥の、大尻を見たひとりだ。ずぶぬれもんぺをぺたぺた音だて、まるで、己れよりかさのある雛鳥をくわえたイタチのように、俵をだいて走り去ったのだ。

ぼくはこの年の十二月に、東京へ出たので、その後の段の家のお鳥たちのことはわすれた。

2

十九年の四月にぼくは、東京から妻をつれて帰り、底倉の下の町の忠右衛門の作業小舎を借りて住んだ。生家に弟妹がいたのと、家はせまかったため、ぼくらのように戦火を受けて、都会をのがれてきた者はほかにもいて、作業小舎や、土蔵を借りて住むのが多かった。ぼくは、駅二つ向うの国民学校の助教の口を得て、底倉から通った。ところが疎開者とよばれたぼくら、つまり都会者専門の住宅に便所を汲みにくる女が、お鳥だとわかった時、ぼくは複雑な思いがした。駄賃は一桶いくらだったかわすれたが、五銭か十銭でなかったかと思う。ぼくたちの便所は、作業小舎の端にある外便所で、溜め壺の上に板をのせて屋根をふいたもので、ぐるりは菰がまいてあった。東京で一しょになった妻は疎開に反対で、無理矢理説得してきたぼくに、何かと生活の不如意を云いなじって文句ばかりいったが、便所がそんな溜め壺だったのもショックで、食事もすすまぬぐらいで東京へ帰りたいと云いづめにする二ヶ月間だった。やがて、ぼくは住宅づきの分教場へ赴任することになって、十九年の六月に底倉を出ているから、お鳥が、汲み取りにきたのは一どか二どぐらいしか見ていない。母にきくと、忠七の母親は一年前に死亡し、お鳥は段の家にひとりぐらしだということだった。忠七は十七年の春に召集解除で、一どもどってきたそうだが、二ヶ月ほどたってまた召集令がきて南方へ出発したときいた。

「よう精出さんす嫁さんで、村じゅうの肥え汲みひきうけてのう」

と母はいっていた。十九年はほとんど若者はいなくなり、底倉でもぼくのような結核病み以外は男は年寄りばかりだった。したがって、女世帯の農作業では、肥え汲みにまで手がまわらず、他人に頼む家がふえていた。お鳥は女たちのいやがる仕事をひきうけ、疎開者がふえると、その家々へも廻ったのである。ぼくは、お鳥を一ど間近で見た。ぼくの借り家の外便所へ来た時で、お鳥は糞でよごれた藤づるが把手になっている空桶をふたつ天秤でかついできて、

「ええ日よりでござんすのう、ねえちゃんらはおいでかえのう」

と戸口で声をかけた。ぼくは、妻のことをねえちゃんとよんだお鳥が、戸口へ出たぼくの顔を見て、

「お帰りなさんせのう。先生にならんしてよかったのう」

と愛想をいうのに、その顔が、むかしの記憶よりはひとまわりも肉づきがよくなり、小柄な軀がころころと太ってみえるのにあきれた。ぼくは、またお鳥のよそよそしい顔にも驚いた。五年前に静養していたころ、忠七といっしょにぐつをつくって、鳥や兎をとってあそんだ。そんな冬のことをお鳥はわすれてしまっているようだった。ぼくは、忠七さんはまだ戦地にい

るのかときいた。すると、

「はえ、フィリッピンにおらんすそうやわのう」

と明るい答えだった。二どめの召集は福知山の連隊だったと母がいっていた。福知山の連隊は歩兵なので野砲から歩兵にかわったのかと問うと、わきにいた父が福知山で独立部隊が編成されたらしいといった。それで、ぼくは、そんなことをお鳥にいったように思う。お鳥は、

「うちにはなんにもわからんがのう」

といってわらった。ながい後家ぐらしに耐えている中年女が、世話も焼いた義母の死で、風通しのよいひとり暮しとなり、ひたすら、村の小使や下仕事で生きている生命力のようなものが、陽焼けした首すじや、化粧もしない顔のよごれに出ていた。ぼくらの便所壺の菰をまくって、柄杓(ひしゃく)ですくって桶に入れ、目いっぱい入れると、その上に用意した藁をのせて、ふたつ桶をしゃがみ腰でかつぎ、小ぶとりの尻を振って、キコキコと川戸の道にやすめたリヤカーまで何どかくりかえす。

「友達の奥さんや」

とぼくは東京へもどりたい一心でふくれ面(つら)している妻にいうと、へえと妻は、お鳥の方を複雑な眼で追っていたが、ぼくは田舎を嫌う妻に、いまぼくらの糞を桶に入れてはこんでくれて

いる女の夫が、小学時代からの親友で、その友が、村での強磊者で通った酒呑みで、盲目の母がいるため何ども嫁をもらっては振られていた昔ばなしなどする気分になれなかった。疎開者が二十世帯もふえて、六十戸しかなかった底倉に、都会ふうの女子供がゆきかうのもめずらしくなくなりだすと、食糧不足もあって、誰もの眼つきもいらだたしくなり村の気風も変ってきた。ぼくは、そんな村の変りように気持よく順応して、お鳥が頭のひくい態度で働く姿に心を打たれた。

妻が松阪へ帰ったのは、山の分教場へ移ってからだった。妻は底倉にいるよりは、分教場の宅住まいをよろこんだものの、里の松阪にいた弟が出征し、ひとりぐらしになった祖母を世話しなければならなくなった。妻の父母たちは大連にいたので、ぼくはもし妻の弟に召集がきた場合は約束でもあったので松阪ゆきを拒むわけにゆかなかった。山の分教場は生徒は二十三人しかいなくて、一年生から四年生まで一教室での複々式授業で骨が折れたが、低学年なので、午後はのんきに住宅に寝ころんでおれる気楽さもあった。そんな一日、たぶん二十年の五月だったと思う。分教場の山の中腹にあった西国観音霊場二十九番の札所松尾寺（ふだしょまつのおでら）へ、田植休みを利用して、参詣する人々が校庭のよこを通って山へ消えていった。天気のいい午（ひる）すぎだ。お鳥がひょっこり校庭の椎（しい）の下にいた。最初それが、お鳥だとわかるまで時間がかかった。お鳥は色のあせたセルの縞単衣を着て、安っぽい手織りの木綿帯をしめ、弁当箱らしい包みを腕に通していた。ぼくは、教室と棟つづきの住宅、といっても六畳ひと間しかない縁先に立ったまま笑顔をおくった。

「ええとこにつとめとらんすのう」

お鳥は陽焼け顔をなごめて、埃っぽい藁草履の素足をみせて歩いてきた。

「松尾さんに詣らせてもろてのう、もどりによらせてもらいましたんやがのう。水いっぱいもらえんかのう」

とお鳥はいった。ぼくは、お鳥が早朝にここを通って山へ登って、もう参詣をすませてきたのだとわかった。お鳥らしい寺詣りだった。おそらく底倉は六時に出ないと、この時間には帰りにならなかった。ぼくは水当番の生徒が、椎の根もとの湧井から汲み置いてくれた手桶へお鳥を案内した。お鳥はおうきんの、おうきんの、と頭を下げ、埃まみれの草履をぬいでスノコ板をわたった。小さな子供のような踵に思えた。手桶から柄杓で水を汲んで口をつけて呑んだ。お鳥は呑み終えると手の甲で口もとをふいて、台所から縁先へまわった。ぼくはちびた座蒲団をだして、お鳥を縁にすわらせた。お鳥はぼくの方は見ず、まばゆげに陽炎のたつ校庭に眼をやって、

「嫁さんが去なんしたてほんまかのう」

ときく。去なんしたという云い方につよいひびきがあった。ぼくは、妻の松阪へ帰った理由をはなした。お鳥はうなずきうなずき、きいていて、

「ひとり暮しはさびしいのう」

といった。ぼくは、たぶんひとり暮しの方が気楽でよいなどといったかと思う。お鳥は肥え汲みで見かける底倉の疎開女の誰彼についてはなし、松尾寺へも四、五人の女がきたはずだといった。だが、それらの女と連れにならず、ひとり早くに寺を出て、山を降りてきたというのだった。ぼくがだまっていると、少しまをおいてから、

「うちの人も早ようもどらんすとええがのう」

とお鳥はいった。ぼくが忠七とあそんだ子供のころのことや、病気で帰省中、めったに村のどの家にも行ったことがなかったのに、段の家にだけ出かけた日々のことをいうと、

「うちのひとも、つれになってくだんしてよろこんどらんした」

といった。お鳥が嫁にきたのは、ぼくが病気になる一年半ほど前だったのをおぼえている。お鳥さんは、あの年に大島からおいでた、というと、そうやったとこたえた。それで、はずみを利用して気になっていることをたずねた。

「忠七つぁんとは、どんな縁ですか」

お鳥は下くちびるをつきだすようにわらって、

「鹿撃ちにござんして、うちが宿で」

といってだまった。ぼくは、忠七が鉄砲の鑑札をもっていたのを思いだした。徴兵検査がすんだ若者に、鉄砲をもつのが流行していた。大島は、十二月から鹿猟が解禁だった。

「鉄砲もたんから大島はいったことないけんど……」

とぼくがいうと、

「不便な島やで……」

とお鳥はいった。分教場のある高台から、この時遠くに底倉の谷につづく高浜町の弓状にえぐれた荒磯が見えた。大島は背山の峯にかくれて見えなかったが、沖はみじかい線になって空を区切っていた。お鳥はわずかな時間を休んだだけで腰をあげ、帰りしなに、水を呑ませてもらった礼をていねいにのべて降りていった。淋しげに縁を立ったが、足は軽そうだった。

ぼくはこの分教場で八月十五日の終戦を迎えた。忠七が復員してきたのは、十一月半ばだった。忠七は村の慣例によって、当日に復員してきた連れと組んで、一戸一戸の戸口を廻って留守中の礼をのべたそうである。ボルネオにいたとあとで母からきいた。

3

分教場から村へ帰ることがあった。その日、忠七は、段の家の縁先の板の間にあぐらをかいて、平べったいブリキ缶をかさねたのを、奥の間からお鳥にもってこさせた。その一缶の目ばりしたフタをあけるとぼくに覗いてみよ、という。ぼくは生ぐさい肉の臭気に悪寒をおぼえてためらっていると、缶をつきだすように近づけるので仕方なく見すえた。

血のふき出た牛の肉塊がぎっしりつめこまれてあった。

「みんなあんたが殺した牛の肉か」

と問うと、

「あしたから、朝鮮人の案内役でキリアケ越えや」

と、忠七はいった。

「いまは闇の世やさけ、法律守っとる者が損をする。闇の見えるヤツが得する」

ぼくは、忠七の帰郷を祝いたかったのと、何かと村にいた時は、肥え汲みでお鳥の世話をうけたこともあって、その日、段の家へ行ったのだ。忠七は復員後、山仕事がなくてぶらぶらしていたが、闇の牛肉売りをしていたのである。戦争中浜の石灰小舎で火番をしていた朝鮮人たちと仲間になって、牛の密殺団に加わって、肉をかついで京都まで売りに行く、と自慢げに語るのであった。ぼくはびっくりしていると、

「学校の先生やさけな、あんたは」

忠七は、ぼくをあわれむ眼で見て、

「収入役さんの月給が、米二升の闇値より安い。こんな時に、先生なんぞしよると、飢え死にやで」

あいかわらず口がわるいなと思う一方で、忠七らしい先の見方だ、と思った。不快な気分はなかった。ぼくはいずれ辞めて東京へ出るつもりでいたので、そのことをいうと、

「東京へもどった方がええやろな。わしらも、こんなとこにおっては山も畑もないさけ、日傭ぐらいしか仕事がないで。考えんならん」

と忠七もいった。ぼくは、そのわきにきて、もんぺのわきから、短かい赤腰巻をのぞかせてブリキ缶のフタをするお鳥が、小鼻をしかめるのを見ていた。お鳥は忠七が帰って、うれしかろうと想像してきたのだが、そうでもない表情なのが意外だった。

「うちら、なーんもいらん。喰えりゃええ、なんもいらん」

お鳥はフタをしめるとき鼻先に手をふって、大げさに肉の臭気をはらっていった。ぼくが東京へ出たのは、翌年の一月だったとおぼえているから、忠七夫婦が段の家にいた姿を見たのも、お鳥を見たのもこれが最後になった。それでこの日のわずかな冬の昼のことはおぼえているのである。

ぼくが帰ろうとして立ちあがった時、忠七は、わきにあった竹の皮をお鳥に投げて、

「これにちいとつつめ」

といった。お鳥は、だまって奥へゆき、しまったはずの缶のフタをあける音をさせて、手づかみで、肉の切れをつかみとると、竹の皮へつめて、はじを千切って紐にして器用にゆわえ、ぼくにわたした。ぼくはあまり肉を好まぬというと、

「嫁さんに喰わさんかい」

と忠七はいった。ぼくはこの時、静養中に一ど段の家のまわりのゴロクで、忠七が仕掛けたくぐつにかかった百舌(もず)を手わたされて、「それ喰って病気なおせ」といわれた時の、汗ばんだ雪まみれの忠七の顔を思いかさねた。忠七は、ぼくのことを、子供じぶんと同じような気持で、いたわってくれていると思えた。ぼくとしっくりいっていない妻が松阪へ帰ったままでいることなどには口を少しもはさまないで、もちろん、そのようなことはお鳥がしゃべって知ってい

たにしても、ぼくが肉を嫌いなら、妻に喰わせろといった心が身に沁みた。シャツも着ず、ステテコ一枚きりで、胸毛のはえた厚い胸を張って、蜩の鳴く大欅の下まで出て、いつまでもお鳥とならんで、ぼくが段を降りるころ、

「東京へいっても、手紙くさんせよ」

といった声がいつまでも耳にのこった。

4

ぼくはそれからずいぶん長いあいだ忠七夫妻と会わずじまいにすごした。東京から何ども故郷へ帰りはしたが、ぼくが村を出てまもなく忠七たちは段の家を捨てて京都へゆき、村人に消息を絶った。敗戦早々の混乱期は誰もが似たような経験をもっているものだが、ぼくらも、忠七もふくめて、底倉に土地をもたない者は、村でくらすことは困難なので、人をたよって他所で生きるしかなかった。だが、そんな者にも、故郷はぬきさしならぬ根をもたせて、親や兄弟のいる生家へ、何どか食糧の工面にもどったりする年がつづいていたのだった。ぼくの同級生たちも、戦地にいたのがみな帰ってきて、敗戦早々に一、二ど同窓会の通知を東京へくれた。

帰っても、もちろん、級が上だった忠七と会う機会はなかった。父母に忠七のことをきいても、京都の伏見の稲荷社の近くで八百屋を開いているとか、野菜市場で働いているとかの噂をきく程度で確たる消息はつかめなかった。ぼくには、級友の誰彼より、年上だった忠七のことが気になっていた。ぼくは帰るたび村はずれの段の上までゆき、ぺんぺん草のおいしげる藁ぶき屋根の北面にだけ大穴のあいた忠七の家のまわりを歩いた。歩いていると、ぼくは忠七と鳥とりや兎とりで送った冬の日々を思いおこさずにおれなかった。また、忠七が長い出征の留守を、お鳥が盲目の義母の世話をまめにつとめて、村小使や、肥え汲みなど、下働きに甘んじて精出していた日々もうかんで、穴のあいた屋根の下の家がまだ道具をのこしたままで、軒下には忠七が闇肉の密売で景気よかった頃に使った古自転車が錆びたハンドルを雨露にさらしてたてかけてあったり、漬物石が、よこ倒しの樽からこぼれたままに、草にうまっているのを見て、胸がしめつけられる思いだった。もっとも、このような人気のない廃屋は、疎開者の住んだ作業小舎や、養蚕小舎跡にもいえたのだが、忠七夫妻のことが何より心にあったのは、最後にあった時、ふたりが一見仲むつまじく見えはしたが、どこかしっくりいっていないような印象ものこっていたからであった。

ぼくは東京へ出て、まもなく妻と別れた。妻のうんだ娘がいて、その子をのこされたものだから、底倉の父母にあずけに帰るといったようなこともあって何どか帰郷し、子が底倉で学校へ入ると、年に一どは顔を見せに帰らねばならなかった。そんなぼくの心境に、忠七夫妻のいなくなった段の上の廃屋のけしきはふさわしかった。ぼくは、年ふるごとに荒れを増してゆく大欅の下の段の上を、何ど訪ねたかしれない。日がくれるまで孤独に忠七の家のまわりを歩いていると、季節を問わず谷の奥から吹いてくる山風のしめった匂いが、ぼくの頬を快く撫でた。それは至極ぼくの心をやすらがせた。

忠七夫妻が、伏見の墨染駅近くの商店街で八百屋をひらいているのを確かめることが出来たのは、三十七年の夏だった。ぼくは、この年のことをしっかりおぼえている。この前年の夏にぼくはある文学賞をもらって、それまで金にならなかった小説が売れだし、どうやら喰ってゆけるめどがついた年だった。ぼくは京都へゆく日が多くなっていた。もちろん故郷にも帰りながらの途中下車だったが、伏見の墨染へいった。この町は、ぼくにもわずかな期間だったが、輜重隊へ応召していたのでなつかしかった。ぼくは、練兵場だった深草の野原がまだ有刺鉄線の柵にかこまれて見える師団街道を歩いて、奈良電車の墨染駅にくると近所の八百屋をさがした。もちろん、この思いつきは冒険でもあった。半分は忠七夫妻に会えるはずはないと思いきめつつ、訪ねていったのだ。ところがそれがうまくいって、駅から登り坂になって、東福寺山の方へ向う商店通りの、たてこんだ一角に、「笠井青果店」と忠七の苗字を冠した看板をあげた間ぐち二間あるかなしかの店を見つけた時、月並みな表現だけれど、躍りあがりたいほどで胸が熱くなった。看板は横長に二階家の窓がかくれるほど大きく陣取っていた。電話番号も目立つように赤字で書いてあった。ぼくは、店先に、戸板が斜めにつき出され、夏末でもあるので水瓜や、トマトの類が山積みされているのを見ながらしばらく店をうかがっていたが、忠七のいる気配がないので不安になった。店にいるのは四十がらみの痩せた鼻梁の高い女で、お鳥ではなかった。鼻のとがった女はこの店の主婦らしい顔つきで、こっちを見て立っている。ぼくはまったく失望した。やっぱり店ちがいだったかと思い直したぐらいだ。だがぼくは、女主人に声かけてみた。

「つかぬことをたずねますが、お宅のご主人は若狭出身の笠井忠七さんでしょうか」

ぼくはそうきいた。女はケンのある眼を光らして、口もとにちょっと品のないゆがみをうかべると、

「そうどすけど」

といった。そしてぼくをうさんくさげに見るのだった。もちろん、これは仕方のないことだった。何も買わずに、とつぜん、とんでもないことをきいたのだから。ぼくは、なるべく丁重

に物言いをあらため、若狭の底倉で、世話になった者だがというと、女はいくらか機嫌をなおすふうだが、やはり口をゆがめ、

「市場へゆかはって留守どすねや」

といった。ぼくは、もうそれで、忠七に会わなくてもだいたいのことがわかる気がした。忠七も妻と別れて、目前にいる女を娶ったにちがいなかった。十七年の歳月に、それぐらいの変りがあって不思議はない。ぼくだって、その年の妻は、昔の妻ではなかった。

ぼくは女主人に突然の訪問とぶしつけな質問を詫びて、主人が帰られたらよろしくいっておいてくれ、と名刺をおいてこの店をはなれた。

ぼくはその夜、ホテルから忠七の店へ電話した。看板の電話番号をメモしておいたのだ。男の声が出た。忠七だった。

「わるかったのう。あいにく市場へ出とってのう」

ときこえた。ぼくは、底倉へ帰って、あなたの住所がわかったので、用件はなかったが、なつかしいばかりに足が向いてしまったといい、

「店でみかけたひとは、お鳥さんやなかったなァ」

ときくと、

「あれは死んだ」

と忠七は意外に明るい声でいった。ぼくは忠七のその声の高いのに背なかへ何かさしこまれたような衝撃をうけて、電話機をもつ手が硬直した。

「亡くなった」

「ああ」

と忠七はいった。

「わいにも、いちばん長持ちした女やさけ、大事にしてきたつもりやったけんど、病気には勝てなんだ」

「病気は何やったの」

「癌や」

忠七は高声でいって、

「けんど、そないに困らせる病人やのうて、こっちゃの病院に入って二ヶ月ほどして、すぐに逝ってしもうてなァ」

ぼくは声をなくし、しばらく、電話機を耳に押しつけていた。

「そんなこととはしらず、訪問したことをゆるしてください。戦争中にぼくは、お鳥さんに世話になったし、てっきり息災であなたとやっておられると思うて、なつかしいばかりでいったんです」

「そらそうやろ。わしゃ。底倉へはなんもいうとらんしなァ」

と忠七はいった。

「村へも帰らんで、荒れた家も放ったらかしゃ。どないかせんならんと思うとんやけんど……そのままでなァ。はずかしこっちゃ」

忠七の声は、ぼくをなつかしくとらえていることを充分にあらわしていた。ぼくも、忠七の明るい物言いには、変らぬ親身さを感じた。だが、お鳥が死んでいたとわかると、なぜか忠七に会っても、もうしかたのない気がしたのもいつわれない。

「いまどこのホテルや。あしたにでも来んかのう。こっちへ来なさるなら会いたいなァ」

忠七はそういったが、わきにいる女を気にして高くわらう声に、ぼくは明日は東京へ帰らねばならぬ用があるからといって電話を切った。

5

お島の話は、これで終ったわけではない。ぼくは、ごく最近、岡山へ行ったついでに、気になっていた曹源寺を訪ねたのである。もちろん故郷の大島出身の儀山善来和尚のことを探りたいためだった。それまでに、ぼくは、知りあいの研究家に会うたび、儀山和尚のことを問うてばかりいた。儀山善来についての本は少なかった。有名な小畠文鼎の「近世禅林僧宝伝」によると若狭出身の禅僧は何人かいて大島出身では、大拙承演と儀山善来だった。儀山については、わずか三十行ばかりの漢文による伝記のみで、「和尚若州大飯郡大島之人姓後氏也」とあるだけで、故郷をいくつで出て、どこで修行して、どうして岡山にまで行ったか、詳しく伝える書ではなかった。幼名も記録されていなかった。

曹源寺は周知のように岡山市内にある池田侯の菩提寺である。ぼくは車を門前でとめて、山門をくぐり、古松の枝のさしかわす境内に入ったが、臨済宗でも別格本山の風格をもつ古刹が、長い歳月を純粋禅道場としてさかえた面影をもっているのに身を洗われた。

法堂も方丈も、禅宗様式の、重々しい構築美で規模も大きかった。しばらく山内を歩いて、住職に面会を乞うと玄関よこの小室で横井一保老師に相見できた。以下はその問答録である。

「儀山善来和尚は、当寺に修行されて、のちに住職となられ、妙心寺の管長にまで出世されたときいておりますが、じつはぼくの故郷の大島という辺境に生れられた方で多少のご縁があるのです……善来和尚は、どういう縁で岡山へこられたのでしょうか」

「わしも古いことやで、先達からきいた智恵で申しあげると、それは、同じ若狭出身の大拙承演和尚がここにおられたからでしょうな。同じ大島村のはずです。儀山さんよりたしか五つ年上のはずで、和尚はのち相国寺の管長になられたが、五十九歳でいまでいうなら早死にされています。この大拙さんのあとを追うて、同じ村から儀山さんが、十一歳で岡山へきて、ここへは十七歳で来ておられます。やはりここの太元老師の下で修行されました。儀山和尚はここでずっとすごされ、有名な夏目漱石さんのノイローゼ時代の参禅の相手をされた円覚寺の釈宗演和尚を育てなさった。これも若狭のお方ですね。……まだそのほかに天龍寺へすわられた滴水和尚もお弟子でした。みなこの曹源寺で儀山和尚の警策をうけたお方ばかりです」

「そうすると、若狭出身の小僧さんが、かなりここで修行しているわけですが、大拙さんと儀山さんがぼくの村の出身だと思うと不思議な気がします。江戸時代はもちろん電車も汽車もありませんし、どうしてこの岡山まで……」

「それは、ここの太元老師のお徳でしょうな。大拙さんも、儀山さんも貧乏な家の出やときいとりますが、乞食わらじしててくてく岡山までこられたのやと思います。とりわけ儀山和尚はきびしい風格をもった方だったときいています」

「といわれますと」

「つまり、禅宗は頭のええ者がおって、理窟派もいますわな。その足もとをひっくりかえす力のあったお方じゃなかったですか」

このとおりではないが、メモに早書きしたものをうつすとこのようになる。ぼくはこれだけのことを横井一保老師とはなしながら儀山和尚のことをゼンライさんとよんでいたお鳥のことを思いだしたのである。お鳥は底倉では「なんもいらんがのう」というのが口ぐせで、若者たちがからかい半分に、口真似していうと「これはゼンライさんのいわんしたことやがのう」といった。もちろん、この時のぼくに、凡庸な肥え汲み女が、いくら高僧の血縁だったとはいえ、和尚と同じ境涯をその短かい生に保ち得ていたかというような、さかしらな思いはなかった。だが、一保老師が儀山和尚のことについて、理智派の足もとをひっぺがす立場の高僧だったといい、こんなことをつけ足されたのに心をひかれたのである。

「儀山老師が有名な滴水和尚に、一滴の水のありがたさを教えられたのは、ここの浴室での出来事でした。いま、こっちへお入りになる途中に小さな浴室の建物がありましたろう。そこで、儀山和尚が入浴中に雲水の滴水和尚が水を桶に入れてはこびました。その時、あまり水を地めんに捨てたのを儀山和尚が風呂の中から見とがめて、馬鹿者ッ、ひとしずくの水も、木の根にやれば葉になり花になるものを、勿体ないことするッ、とどなられた。雲水だった和尚は、そこではらりと悟られたといいます。雲水はその日から滴水と名を変えたそうです。これを思うてもわかりましょう。儀山和尚は、機鋒がするどいお方で……宗演和尚が儀山和尚をしたって、ここまでおいでたのも、出身地が若狭というだけでなく、すでに和尚の風格は、日本じゅうにきこえておったんやないですかな」

　ぼくは滴水和尚のこの話をきいている時も、「なーんもいらん」といいながら餅ひろいのす早かったお鳥のことを思いださないではおれなかった。横井老師に礼をのべて曹源寺を退去してのち、まもなく帰郷した際お鳥のこともあって、舟にのって大島の浦底まで出かけた。大島村は、半島の先端にあって山のずり落ちたわずかな磯に、藁ぶきの舟小屋をならべた漁家が貝くずのようにへばりついて点在していた。後家はそんな磯近くの一軒で、昔のままの規模ではなかったが後裔の家があって、附近の古老にきいても、大拙、儀山の話をする者はなかった。何軒かたずねて、大拙和尚は友本家の出であることはわかったが、昔から、どの家も次三男は幼少で村を出る習慣で、禅宗寺へ小僧に出る者が多かったということだった。ぼくは、儀山和尚の後家を訪ねた帰りに、従兄の孫娘にあたったお鳥の生家をさがした。ところがこの家は富本姓の由だったけれどなぜか村にはなかった。廃屋になったということだった。ぼくはもちろん、古老に、お鳥のことは何も話さなかった。強磊者といわれた底倉の、父母の素姓も知れない孤児同然の忠七の嫁となり、出征中は盲目の義母の世話をして村小使をつとめながら最期を見とり、夫の復員後も苦労をなめつくし、ようやく、安息を得ようという時に、癌にかかって伏見墨染町の近くの病院で死亡した女について、見も知らぬ古老たちに語る勇気はなかった。

「なんもいらんがのう」

底倉で肥え汲みしていた一日の、小柄なお鳥の姿がぼくの頭を去来しただけのことだ。

椿寺

1

椿寺は京都の北区一条通り西大路東入ルの地点にある。大将軍西町というのが町名になっているが、天神川からわずか西へいった南側に小さな瓦屋根の門があり、石畳の参詣道からすぐ墓地につき当る手前右手に、こぶりな庫裡と本堂がならんでいる。閑雅な町なかの浄土宗派らしい雰囲気といえる。この寺が有名なのは、墓地の奥に加藤清正が朝鮮からもち帰って、豊臣秀吉がこれを同寺に寄進したとつたえられる五色の八重椿があるからである。椿の名所の多い京都ではあるが花の季節がくると、第一等にここの名があがるのは、八重椿のみごとさからであった。もともと昆陽山地蔵院という寺で、洛陽三十三番観音霊場の一つ、三十番札所というだけではありふれている。けれど、名椿といえる老いた五色椿があるところから、椿寺と人も馴染み、地蔵院とよぶ人は、近所にも少ないようだった。

花は五色にいろどられて、しかも八重なので、豪華である。根もとから、幹が四つに岐れて、大きくひらいて枝がひろがるけしきは、絵入りの扇子をひろげたようで、老幹の方には、黄、白の花が、右手の巨幹には赤、桃が、さらに少し細く根あがりからすぐ岐れてゆく二本の幹には、うす紅、白の花がむらがって咲くのである。落花期に訪れるとそれぞれの枝の下に、それぞれの花びらが、綾織りの絨緞でも敷いたようで、眼をうばわれた。老いた木でもあるので、地を這うほどにひくくなる枝をT字形の添え棒が、重たげにささえるけしきも、どこやらべつの生き物に思えて、五百年もそこに這いつくばってきたものの霊気といったものを感じさせた。

もっとも、この風景は、ながいあいだぼくの眼に馴染んでいたもので、中学時分に住んだ等持院が、白梅町をへだててすぐの所だったし、近くの北野天神や、繁華街の千本中立売へ出る時は、この寺の前をよく通ったので、花の頃にはかならず眺めたので知っているのである。また、この老い椿の植わっている場所は、墓場の奥ではあるが、書院にちがいない南面の廊下の前庭になっているのだった。そのため、寺内に入って眺めたことはないのでわからなかったが、墓の方から眺めていると、椿の花は空をさえぎった瓦屋根がひくくたれこめる軒までを背屏風にした風趣といえた。佇んでいる墓地には、忠臣蔵の外伝には必らず出てくる俠商天野屋利兵衛だとか、与謝蕪村の師である夜半亭巴人の墓もあるので、ことさら、老椿の花にさそわれて古風な暦へ入りこんだ気もしてくるのだった。

いま、ここで、こんなことを書いたのも、じつはこの物語の主人公で、五年前に亡くなった上七軒芸妓のはつ枝姐さんが、晩年、ひまをみては、この椿寺詣でを欠かさなかったことにかさなったからである。

2

はつ枝姐さんは丸ぽちゃというにしては、すこし面長の顔だった。鼻梁が低く、眉のうすかったところが特徴で、わらうと片えくぼの出来る頰(ほっ)ぺたのふくらみは、若い頃なら男を夢中にさせたろうと思われるほどの艶っぽさで年に似あわぬ愛嬌ぶりもいや味がなくてぼくらにも感じのいいものだった。但馬(たじま)の青垣生れの田舎訛りさえなければ、京生れの妓(おんな)として充分通じた器量だ。生家は中程度の農家だったが十八の時に前後して父母と死別し、叔父の家に五つ下の弟と世話になったが、その叔父の家も没落したので、土地名産を買入れにきたあずき問屋の主人の眼にとまって、その人の世話で西陣入りしている。おきまりのコースで、上七軒芸妓の見習になったのは、昭和十三年、まだ戦争も勝ちいくさ景気で、晴着や豪華帯こそ売れなかったが、軍手や軍服の生産で、きまった商いもつづく西陣の景気の中で花街も息づいていた頃だが、時代も時代だったので、これといった旦那ももてず、あずかり親の茶屋「はせ松」の女将の指導よろしく、宴会場をとび廻って、座敷花で生きてきた。そのうち四十をこし、花ざかりもないままに働いた。一つ二つ男話もないではなかったが、その一つといえば、戦後のことだが、同じ西陣で、ひと味ちがって現代風な商法で、冒険的な抽象画を染めぬく着尺地で名をあげた「山甚」の社長山岸甚太郎に見染められて、町内の露地奥に一軒もたせてもらった。石油ショック前の景気のいい頃だった。それで気に入らぬ座敷へ顔も出さなくてすむようになり、春秋の「北野踊り」には、先輩芸妓の名手とならんで、主役も踊れた。はつ枝はしかし、景気のよい頃でも、高ぶりは見せず、露地ぐらしの世帯ぶりもそうだったが、若い妓らと同席しても先輩づらがなくて、しおらしかった。これが生れ性で、陰気というほどではないが、どこか、小鼻のふくらみのうすいあたりに小淋しい雰囲気をただよわせて、目立たぬ場所でひかえている年輩芸妓の仲間入りをしている。

　山岸甚太郎との別れは、口うるさい花街でも、ちょっと評判になった。五十三歳の春の「北野踊り」で「将門」を踊った時、終幕の総踊りの場で、はつ枝がかねてから、山岸にだまってちょくちょく逢っていた帯職人のひいき客にたのんだ帯をしめて出たそうだ。濃紫の絹地に、五色椿を織りあげたもので、これと目立つものでもなかったが、山岸の眼にそれがふれて、男気のないはなしだと、あとあとまで山甚の名が、わらわれもする、悋気から、男もぽつぽつ手も切りたかった時機でもあったのだろう。それが切れ目に利用されたといえば当っていたかもしれない。

「生地屋が道楽で芸妓囲うのも、ひとつは店の着物を着せて、座敷を廻らせるのが楽しみでもあるのやし、もちろん、かわいさもあっての毎月のお手当でもあったはず。それが、肝心の春の踊りに、よその下職人の帯なんぞ締めて、舞台に出られては顔がつぶれるわな。旦那も阿呆づらに見えて、番頭らがわらいよったわ」

と、山岸甚太郎は当のはつ枝にいったそうだ。はつ枝は一言もさからえなかったと「はせ松」の女将の品子にもらしている。といっても、はつ枝には、山岸が最初の男ではなかった。何どか「はせ松」の仲立ちで、旦那とはいえなくても、多少の手当をもらって、ホテルで相手をするきまった客が、何人かいて、それも一、二年ぐらいつづいては縁が切れていた。山岸との仲もそれがすこし年数が張ったもので六年つづいたことが大きいといえるが、露地奥の家も借家だったし、はつ枝にははた目に勿体ながられるほどの相手ではなかったらしく、心機一転の機会だと、終の住み家ともなった天神うらのいまのマンションに越した。その時でさえ、

「おかあはん、これでうちらしいくらしにもどりましたわ」

と本心からほっとしたようにはつ枝は女将にいって、

「芸妓はお座敷まわってお花かせぐのがいちばんどす。いけすかん、やきもちやきの旦那はんにくくられて、好きな映画も見れへんくらしはもうこりごりどすわ」

と、露地奥にいた頃よりは、二つ三つ若返ったようにほかの茶屋へもあいさつ廻りにいって愛嬌をふりまき、結構多忙な稼ぎにもどった。石油ショックの頃から、芸妓難が来て、バア、キャバレーの繁栄で、新顔の少ない花街をきらう客が目立ちはじめた。ところが不思議なもので、はつ枝は逆にもてはじめた。客あしらいもよくて、まめに、どんな客でもより好みせず、上七軒じゅうを裾ひきずって廻る律義さが買われて、仲間や茶屋から、わるい噂ひとつ立たなかった。そのはつ枝に、ひとつだけ「はせ松」の女将が気にしているのは、山岸との別れの縁ともなった、五色椿の帯職人に、はつ枝が、まだひそかに思いをよせており、マンションでも逢っているらしい、との風評だった。もっとも、花稼ぎで精出す独立した芸妓に、年若い男が出来て、その男に妓が入れあげたとて、怒る筋合いでもない話だった。が、品子にしてみれば、はつ枝は五十をすぎて孤児同様の身なのである。弟がいるとはきいているが、上七軒へきてから音信もなく親類との付合いも絶えている事情などうすうすわかっていたので、はつ枝の将来を思うと、影のうすいものがよぎる感じがしたのだ。それで、ある日、めずらしく居間にへたりこんで、タバコを喫(す)っていたのを、帳場へよんで、

「榎本はんのことやけんどなァ」

と妓らからきいて、わかっていたその職人の名を頭から出してみた。

「帯屋もいまは、景気がわるうて、織機をげんのうで、たたき壊して、失業補償もろてはる時節やないか。そんな時に、あんたえらびにえらんで不景気なお人に、あいかわらずのおつきあいやったら、おカネもかかるやろ」

と多少思い切りよすぎたかと心配もしながらいってみると、はつ枝はあっけらかんと、

「おかあはんの気持はうれしおす。けど、うちも阿呆やおへん、おかあはん。いっぺん、うちの思うように、女ごに生れたからには、女らしゅう燃えてみとうおしたんやな」

といって、はつ枝はわらったそうだ。

「これがもとで、旦那はんからあいそつかされてしもたんやさかい、うそ花やったら、悲しおっしゃ」

小淋しい鼻すじをぴくっとうごかせて、はつ枝は、きびしい眼を投げたそうだが、品子ははつ枝にこのときぞっとするような妖気がただようのを感じたという。それでだまるしかなくて、あとで、とやかく噂をする若い妓らにも、

「人間てわからんもんや。向う見ずの恋をして盲目になってしまうのんは、十九（じゅうく）、二十（はたち）やとばっかり思うてたけど、五十すぎてもあるもんやなァ……はつ枝姐さんは、いま青春にひたっておいやすのやから、みんな、そっとしといたげてェなァ」

妓らの大半が、眉根をよせて、相手の男が年下で、喰うや喰わずの帯職人だというところに意見を一致させるのに、

「相手がどうあろうと、気立てや心が好きやったら仕様がおへんやろ」

といっておいた。だがそうはいっても、馬鹿をみているはつ枝の立場がわかるだけに、吐息をついて妓らの批判をそらせ得る自信がなかったと品子はいうのだった。

むしろ、噂だけだと思っていたかったが、ちょっと口出ししてみてから、それがまことだったので魂消（たまげ）たのである。長らくこの商売をしてきた女将にしては、間抜けたことのようにも思われ、またはつ枝のいつかわらず思うようになる気立てのよさと、働きぶりが芸妓の少なくなる時節でもあったから、大切に思われたのと裏腹の恋愛沙汰でもあるので、よけいに、心配になって当然だったろう。ぼくも、「はせ松」へ時々ゆくたびに、はつ枝の噂が入るともなしに入ったので、女将に冗談半分で、

「若い恋人が出来たそうで、結構やないか。いまどきの若い妓（こ）らにもないいい話をきく思いがする」

というと、女将は、しわばんだ六十七の眼尻をにこっとさせ、

「日のくれからふりだした雨はやまらんそうどっしゃ。あのひと、ひょっとしたら、お貯めや

したもんみんな、こんどの職人さんにもってゆかれはるのとちがいますか」

といやみたっぷりだった。そうでは困るといいたい気持をあらわに苦笑いして。

3

上七軒というのは京都でも古い花街で、祇園や先斗町に先だって出来た最古の色街だといわれている。豊臣秀吉が北野茶会を催した際に、この地に七軒茶屋の株をゆるしたのがもとだとかで、その名の由来がある。もともと、茶屋町だったのが、芸妓を置いて、花やぐ色街になり、下の色街に対抗して近くの西陣機屋町の応援を得て栄えるようになった。それで機屋に景気がまわれば、茶屋も賑わったものだが、商いの浮沈が、町の浮沈となるような連帯をもって今日に到っている。だが、そういう色街にしても、ぼくらのような西陣ともかかわりのない東京からくる風来坊のなかに馴染む者がいて、祇園や先斗町が、派手にふるまうに反し、上七軒には、どこか地味なところがあり、春秋の踊りにしても、尼寺の地籍を借りた小ぶりな古ぼけた歌舞練場で催したり、冬はまた梅花のほころびはじめる寒い二月さなかに、北野天神の森下で、赤毛氈をしいて、芸妓たちがそろって露天の点前を披露する北野梅花祭など、どうみてもかくれた京の古暦とかさねて生きる姿というしかない。

　はつ枝は、ぼくらの座敷にもきて、とりもちもうまかった。何かと話も巧みで、退屈を感じさせない。前述した旦那との因縁話の五色椿の帯の件なども、歯に衣着せず物をいう友人がことのほか興味をそそられるものだから、

「そんな粋な帯ならいっぺんぼくらの前でもしめて見せてくれませんかねェ」

というと、はつ枝は、片えくぼをへこませ、五十三はいつわれぬいくらかしわばんだ口もとを、気分よげにやわらげはしたが、

「そんなん、ずるおっしゃ。うちがもういっぺん、総踊りにつけて出ますさかい、踊りにきとくれやす。団体さんやったら割引きしますよって」

といってわらいとばした。友人でなくても、そのような帯をしめた座敷姿を見てみたかった。濃紫の絹地なら、繻子のように光っていたろう。黒っぽい地に、赤や黄や桃いろの椿の八重が織りこまれているというのだから、しずんだあでやかさだろう。

「しかし、はつ枝さん、椿の花は、首から落ちるというじゃないかね。縁起のわるい花だと東京などではいうけど、京ではそんなことはいわないのですか」

　友人は、半ばやきもちもまじえていってみた。すると、はつ枝は真顔になり、

「阿呆なこといわんときやす。椿は目出度い花どっせ。げんに、祇園の井上流の初合わせは、みんな白玉椿の帯しめてはりますがな。お正月の儀式にえらばはる柄ですよってに縁起はわるうはおへん」

ときつくいってから、

「うちのは五色の八重どすし、首からぽっとり落ちしまへん。うつくしい散りつばきどすえ……」

と口をすぼめて、はつ枝はいい足した。

「そやけど、ほんまに、うちも、もういっぺんあの帯しめて、踊りたいなァ」

西陣の不況については、女将の品子に説明されるまでもなく、ぼくらジャーナリズムの世界でもしれわたっている。丹後ちりめんをはじめとして、西陣機屋にも、不況乗り切りの自主規制が行われ、高価な金をかけて求めた織機の何台もを、一日のうちに破壊して、それを役吏に見せることで、助成資金にありつくなどといった悲しい事情もテレビでみていたから、さぞかし、その帯職人も、時代に抗し切れない不況の中で、思う人に手ひまをかけ、絹帯の一本も織ってみたくなったにちがいあるまい。ぼくが友人といい話だと語りあったのも、相手芸妓が、いってみれば年さかりもすぎ、老いにさしかかっているからであった。職人の方が七つ年下とすれば、四十六、七だろう。妻子もあるに相違なくて、不況は、織機こわしも当然ながら、転業も考えねばならぬほど切迫しているはずなのに、高価な絹地に、手のこんだ五色の八重椿など手づくりで織ってみせるには、それだけはつ枝への執心も深いように思われる。それで、「はせ松」へゆくと、女将の話好きをいいことに、話題がいつもそっちへ行ってしまうのは、ぼくもここへ案内するようになってから、いつもつるんでくる友人も同じであった。

「榎本といいましたな。その人、下職といっても、一戸をもってやってる人でしょう」と友人。

「いえ、それが、あんた、そんな人なら、心配もしいひんのどっしゃ。四十六やいうてもな、下機へつとめて、技術だけで生きてはる職人さんらしおす。四十すぎてまだ、そんなことしてはんのやったら、よっぽどの変人か、宵越しの何とかで、お金も費わはる暢気なお人にちがいおへんやろ。そんなお方が、あんた、北野踊りに、誰かから切符一枚もらわはって、見物にきやはった。それが縁であの人の踊りを見てから一と眼で惚れはって、どうしても、自分の織りあげた帯をしめて踊ってほしい……いうて、はつ枝さんがしぶい顔しやはるのに、無理矢理、承知させて、夜も寝んと織りあげはったんどっしゃ」

「すると、それまでは、はつ枝さんは、ぜんぜん会うたこともない職人さんだったんですか」

「はつ枝さんにいわせると、ちょいちょい、ビヤホールガーデンに来てはったそうどすけどな」

ビヤホールガーデンというのは、上七軒花街が、不況乗り切り策に、七月から八月一杯まで、宵の時刻だけ尼寺の庭を借りて生ビール売り場にし、芸妓が、宴会の間をぬけて交代にホステスをつとめる特設ビヤホールのことをいうのだった。ぼくも、一、二ど友人につきあって行ったことがあるので知っていたが、なるほど、その会場は、ビヤホールというにしては、露天だし、涼しいことは涼しいにしても尼寺でもあるので、植込みや池があって蚊も出てくる。また、べつの雰囲気だった。それに、来ている客も、まちまちといえて、たしかに、どこかの下機の職人の集りと思える半袖シャツにジーパン姿の若者もまじっていた気がする。

「そのビヤホールで顔をおぼえられて、踊りを見て惚れられた……その職人は独身ですか」

「そうらしおすわ。いやはったけど別れたいう話どっせ……」

と女将はいってから、

「まあ、別れた同士が、淋しさをかこちおうて……いうこともわかりますけどな。いくら何でも、こっちは大事な上七軒の売れっ妓やおへんか」

と品子は、口をゆがめるのである。別れた旦那も山甚という一流生地屋の社長だったから、と暗にその職人と比較して、はつ枝のとった行動を、向う見ずだとする見解には、いくら、こちらがいい話だと訂正を要求しても、女将は翻えす顔つきでもなかった。ここらあたりが、花街の冷酷さだ。時どき東京からやってきて、風流話にうきみをやつしているような甘ちょろい客にはわからない世界だと、友人はいったものだ。

「つめたい世界だ。おかみにいわせると、もうはつ枝は貧乏神にとりつかれて奈落へ走っているらしい。生涯に一ど、年のことも考えず、女らしゅう燃えてみたかったと宣言する美しさとは、反対に……闇の谷底が見えているというんだよ……」

そんなことを語りあってからまもなかった。女将のいったことが適中したのだ。はつ枝が寝こんだというのだった。しかも、それが、肝臓障害で、お茶屋をかけまわりながら、度をすごした酒が因の様子だが、親ゆずりの胸部疾患もかさなって、相当わるいという。品子は、ぼくらがゆくと、待っていたようにして、次のような話をしてくれた。

4

九月半ばころに検番もすすめている一日ドック入りの仲間に加わり、保険証をもって病院へ出かけたそうだが、肝臓にDがあっただけで、ほかはみなAで、胃も肺も腸も、どこといって障害はなかったという。しかし、肝臓が、相当固くなっていたので、特別に通院を命じられた。医者は時間をかけて診たそうだが、結局酒もタバコもやめよという。それから一ヶ月ほどたってはつ枝は仲間と争って稼ぎ高を掲示する検番での競争表も気にしなくなり、休むようになった。心配した女将が、天神うらの紙屋川に沿うたマンションの二階へ見舞いにゆくと、扉があいて応対に出たのは、四十六、七の無精髭を生やした榎本らしい人物なので、ちょっと面喰らった。奥の部屋をのぞくと、はつ枝がベッドに半身をおこしたゆかた寝巻の姿で、

「おかあはん、おーきに、心配かけてすんまへん。このひと毎日きてくれはって、看病してくれてはりますねん。榎本貞一さんどす」

としっかりと紹介したそうだ。男はそのとき、べつにバツがわるいなどといった表情ではさらさらなく、

「お世話になっております。勝手に休ませてもろて、ごめいわくをかけます」

とまるで、弟か親類筋の者のように、はつ枝の代りに、頭を下げ、それが、無精髭だけでなく、髪もばさばさの、着衣もくたびれた零落した風体に見えるので、女将ははつ枝に向い、

「あんた、お悪いのやったら、病院へゆかんとあかんなァ。男はんが親切にみてくれはるいうても、やっぱり男はんにはちがいないんやで……」

といった。するとはつ枝は、その時、氷枕の口金がゆるんでいたのを見とがめ、枕のはしがぬれていると、榎本にいい、口金を直してくれるようたのんで、台所へゆかせたそうだ。そして自分は、声をおとすと、

「おかあはん、うちは、あのひとと会うてると、行方不明の弟に会うてるような気がしますねん、こらえとくれやす」

といったきり、むせたように顔をうつむけたという。そのよこ顔を見ていても、女将には、はつ枝の色の白さと、耳うらのまだ肉づきのよかったあたりに血がはしったように思えて、やはり、この時も妖気の立つのを感じた。

「男は泊っていたのかね」

と友人がきくと、

「さあ、どうどすやろ。二間しかないマンションやし……泊るとなると、男はんは、ベッドのわきか、もう一つの、タンスやら何やら置いてはる部屋しかおへんやろ。けど、はつ枝さんにしてみれば、いてもろうてると何より心の安らぎやったんとちがいますやろかなァ」

と女将は、それから、何ども見舞いに訪れるたびに、髭もそらず、看護をつくしている榎本貞一がいたことを話すのだった。もちろん、女将は、はつ枝に世話をうけている「はせ松」の

若い芸妓らにも見舞いにゆかせているが、どの妓らも帰ってくるなりいったそうだ。

「おかあはん、お姐さんは病気でも、あの人とあつあつどしたわ」

そこは若い特権で、ずばずばいうのである。品子はきいていて青くなった。妓は見てきたようにいったそうだ。

「お姐さんはあの職人さんと、熱のある軀で、ベッドで一しょに寝てはる様子どしたわ」

女将は冗談にしても、気色わるく思えたので、

「阿呆らし。女ざかりでもあるまいし、五十すぎた女が……そんな……お医者はんも心配してはる病人なんえ……阿呆なこといわんとき、あのひと、十八からうちへきたのや。それからずうーっと見てるけど、そんなに好きやなかったもん。ほれやで旦那さんらが倦(あ)きがきて、捨てられてきやはったんやさかい」

と品子は、色気があるようでなかったようにも思えるはつ枝の芯の固さについて女の思案ながら男から見た目の泣き所を思いかえすようにいってみたのだが、若い妓らに通じなかった。中で、いつもはつ枝にかわいがられていた妓が、

「でも、おかあはん、そんなはつ枝姐さんにも、女らしゅう燃えてみたい思わはるお相手どしたのなら、わかりまへんやろ」

といわれて、品子は硬直してだまるしかなかったという。

肝臓癌という病気が、昂進してくると、短時日のうちに、健康だった軀じゅうを侵蝕しはじめて、まるで、元気な樹木を、白蟻が喰い殺すように、恐ろしいほどの勢いで、死の奈落へみちびいてゆく、というのが品子が客に問われて話したことばである。ぼくの周囲にも、肝臓癌で、やはり病院で判定をうけてから半月ほどのうちに痩せてゆき、六十キロもあったのが、四十キロ以下にもなって、結局は、病院のベッドで黄色いカマキリのようになって息絶えた友人がいた。恐ろしい癌細胞に侵されると、死期はそれほどに早められるとみていい。はつ枝の場合も、結局はそれで、紙屋川のマンションを出て、白梅町の広畑病院へ入ったのが十月末だった。入院してまもなく多少の小康を得て、はつ枝は、マンションへ帰ってもいいと、医者にいわれたそうだが、帰らなかった。時に天気のいい日など、帰るふりをして白梅町から天神川にきて、北野の森を眺めたあと、椿寺を散歩して帰ってきた、と、見舞いにいった品子にいったそうだ。当然、ぼくらには、榎本貞一のことが気になったので、男も病院に来ていたのかときくと女将は首をふって、

「名古屋の方へ行ってやはり織物にはちがいおへんけど一からやりなおしで、友禅やってはるいうことでした」

という。

「はつ枝さんがそんなことをいったんですか」

「そうどすねや。いまから思うと、あの妓がマンションへよんでましたンは、男はんの方が尾羽打ちからしてはって、ゆくとこが無かったからやおへんやろか」

品子は鼻をすすり、

「女て弱いもんどすなァ。たった一本の椿の帯を織って舞わしてもろただけで、身も心もつくして細らはるのやさかい」

友人も声をつまらせて聞き入っていたが、

「けど、はつ枝さんは、やっぱり、最期に燃えたかったのやろ」

女将は、声がもれそうなのをこらえて、口をふるわせると、

「けど、弟にそっくりやいうてはりましたんやさかい、そこのところがうちには悲しおす。ひょっとしたら、うちらの考えてるような間柄や無うて、うつくしい姉弟の間柄やったかもわからへん……あのひと、男はんを好きやったいうても、うちらの好きとべつの好きやったようなとこがおしたさかい……それで、妖気のただようてたいうてますんでっしゃ」

これが二月半ばのことだから、まだ椿は咲いていたろうと思う。忘れもしない、はつ枝の死

をきいたのは、二月の梅花祭がすぎてまもなかったから。

5

椿寺の八重椿は、なるほど散り椿だった。ぼくもよくおぼえている。根もとからわかれる四本の幹に、それぞれ、色をかえて咲いていたけれど、散る時はどれも八重なのでぼってりと、花弁が一枚ずつ千切れて散っていた記憶がある。いずれにしても、はつ枝は、病院のあった白梅町から、大将軍西町はすぐ眼と鼻の近さだったので、医者が元気な時を見て散歩をゆるすと、マンションへは帰らずに、嵐電(らんでん)ぞいの道を白梅町から西大路にきて、一条通りをわたり、すぐ角から塀になっている椿寺境内へ入って、老椿の春が見たかったのかもしれない。もっとも、これは、ぼくらの勝手な想像だけれども、わきに、もう一人のつれのいない寺詣では、はつ枝にとっては淋しい一人歩きだったろうと思われて、いっそう女将の話に胸をつかれたのだった。

ところで、この話も古い物語になってしまった。はつ枝姐さんが死んでもうかれこれ五年近くなる。このあいだ、その椿寺へ花のさかりを目当てに訪ねてみると、老椿は枯死していて、ご住職が筵(むしろ)をまいたままに伐(き)らずにおいておられた。いつものように、ぼくは天野屋利兵衛の墓のわきから眺めたのであるけれど、枯死した老椿は哀れをこえ、まるで、四本の足を繃帯でまかれた生き物が、添え棒や、ささえ棒に力を得て、必死で這おうとしているかに思えた。帰りがけにめずらしく墓参の人とであった。すれちがう時に、老椿の枯死のことをいってみると、手桶をもった商人ふうの六十がらみの男の人だったが、丁重に、

「近くに西大路が通ってから車もよけいになりましたんで、根ゆるぎがしたのやと、住職さんはいうてなさいます。五年ほど前から枯れだして必死で住職さんは看病なさいましたが、寿命やったのやと思います。去年ごろから、葉も出さんようになって……まるで、死人がそこに立ってるように思えますなァ。元気なころは、お墓まいりにきても五色の花ざかりで錦絵をみるような楽しみでお詣りできましたものを、残念でなりません」

奥の墓石のむれの方へその人は消えた。ぼくは、その後、椿寺へは行っていないが、ふと、五年前の老椿の枯死なら、はつ枝姐さんも老いた椿の花ざかりは見たかと、救われるような思いもしたのだが。

むささびの話

1

私はあいかわらず若狭(わかさ)の作市の長電話に悩まされている。

去年の春部落へ有線電話が入って、作市の家にも電話機がとりつけられたのでダイヤルを廻すだけで、すぐ東京の私が出るのがおもしろいらしい。これといった、用もないのに、何やかや話をたくらんでかけてくる。私は旅行が多く、たまに帰っても、家人とひと言ふた言はなすだけですぐ二階で仕事につく。家人は、病気の子の看護もあり、私のいない時は、電話は聞きおいて記録しておいてくれるが、私が帰れば、親子電話に切りかえて、机わきの電話機へつないでおくのである。それで作市のように、時に閉口する長話の相手からかかっても、当人が出てしまっているのだから、聞かねばならないハメになる。

宮の森にある大きな椎(しい)の木が枯れたので部落じゅうが大騒ぎして伐採にとりかかるという話も作市の電話でわかった。

「あの椎の木にとちなんぴんの巣があったのをしっとるか」

と作市はいった。

「椎の木(き)を伐ってしまうと、とちなんぴんの巣が無(の)うなるわけやし、とちなんぴんの親子らは、家なしになるわけや。それでどこぞに宿替えさすいうても、とちなんぴんのことやで、しらせてやるわけにもゆかんで困っとるんじゃ。急にノコギリで、ごしごしやられては、親子らも魂消るやろし、うろたえもするやろ。わしら子供のじぶんから、とちなんぴんには親しんだ方やで、寄りあつまって、どうしたらええもんやか、相談しよるが、いい智恵はうかばんねや。それで、今日はあんたの意見も聞きとうて」

師走も近づくという日頃に、暢気なことをいってくる作市にあきれたが、ふと、ひと足早い春さきの風をうけたような気分になったこともいつわれなかった。

とちなんぴんというのは、むささびのことで、なぜそうよぶのか、由来はわからない。部落の宮といっても、小さな三間間ぐちあるかなしの社殿近くに椎の森があって、そこに棲んでいる。洞穴が巣だった。私らの子供時分は、よくその洞穴の口から、子供が小さな猫みたいな顔をだしているのを見ていたずらしたものだ。餌をはこぶ親も見た。子が啼くと親むささびは歯ぎしりのような叫びをあげて、私らをにらんでから穴へ子供ごとかくれた。老いた椎は、五百年も生きた大樹だった。ところどころコブがあり、枝折れの所に穴があいているのでそこが恰好な巣になっていた。もちろん、何本もの椎だったので、むささびの巣のある椎だけでもいろいろあった。それでどの椎が枯れたのか、東京からではわからなかったので、つい作市の長話につきあってしまうのである。

「とちなんぴんの椎は、石崖の上に二本と、宮の軒へ古枝をつき出した唐獅子よこのが一本と、それから、奥の欅にも古巣があったやろ。こんど枯れたのは、唐獅子よこので、あんたもおぼえとるやろ、大人の手で三人がかりやないと、根まわりはかかえきれんほどのやつや。……それが枯れよったんや。このごろ松の枯れるのは、どこでもきくはなしやが、椎の枯れるのはめずらしい。それも宮さまのよこのいちばん目についたのが枯れたんで、部落の人らは、縁起かついで、権左の爺さまがノコギリを入れる日も、総出で見物しよったし、神主さんもきてのりとをあげてもろうてから、仕事をはじめた。そん時、権左の爺さまのいうたことに、自分は七十年木挽きをしてきたが、五百年の樹を伐るのははじめてや。生きているうちに、こんな椎の枯れる日に出あうとは、不思議なめぐりあわせや。なるほどと、みんなは感心してきいたが、そん時また藤左エ門の藤助が、とちなんぴんが、五百年ひとつ洞穴で生きとったなら、五百年もとちなんぴんの家がつづいたことになるなァ。それをきいとった権左が、日本で一間四方をいざりもせずに五百年もつづいた家はなかろ。むささびぐらいじゃろ。天皇家もふるいけど、一本の木の家には住んでおられん。というたでみんな、感心したことやった」

作市の話は、だらだらとつづくのである。いっていることは、おぼろげに記憶にある祠のよこの椎のことで、石段を上りきった台地の右手にあった、と私は思う。よくそこに集まって椎を仰いで唄ったものだ。

とちなんぴんよ、顔を出せェ
とちなんぴんよ、お前の尻は
けつねにもろたか、七桶八桶
とちなんぴんよ、顔を出せェ

そんなことをいっても出て来はしなかった。洞穴は、上に口があっても下までつづいている。竿でたたくと椎が空洞化している音がする。根に腹這って耳をすますと、子供のむささびが、母親に抱かれて寝入るいびきらしいのもきこえた。もっともこれは、誰かがいったので信じたまでのことで、子供には、むささびの巣は椎の古木の空洞のどこかで床がつくられていると思えた。ハシゴをかけた洞穴の口からのぞいたことがあった。穴は暗かった。口のところは、うす明るいが、皮は裏側をみせて、下方へ縞になって水をながすみたいに、しめってのびていた。それだけで、光りのささぬ中ほどから見えなくなった。

「とちなんぴんは、子供に餌をやるときは下へ投げるんかのう」

誰かがいった。作市だったかもしれない。作市は、ことし六十九で、私より一つ年上だが、七つ上りの私とは同級生だった。よく一しょに宮の森へ行ってあそんだ仲間だ。

「それはちがうわい。子供が一人で口へ顔をみせるんやから、口の近くに仕切りがあって、そこに親子がおるのにちがいないわい」

と誰かがいう。

「そうやないと、餌が底へ落ちてしまう、子供は小っちゃいから下まで降りてゆけんやろが」

「網かなんぞ張って、餌が、下へ落ちんようにしてあるのとちがうかのう」

子供らの思案はそんなものだった。しかし、よく根もとへ耳をつけていると、子供むささびが、寝がえりをうつような音もしたし、親に何かねだっているような声もした。それで、巣は中ほどにはなくて、やはり根に近い下の方にあるのだろうという意見に落ちついたものだった。

作市が、権左の爺さまと藤左エ門の藤助の会話をまねたのは、最長老の木挽きと、若い藤助の問答内容がおもしろかったためだろう。むささびの家族が——かりにあるとして五百年生きた椎の生命と一しょで、同じ年数をそこでいとなまれていることに私も関心をそそられる。

たしかに日本ではふるい家柄は、天皇家だろう。権左が、その天皇家だって、全皇族が一つ屋根の下に五百年も住まれたという資料はなかろう、といったのにも興味がわいた。京都から、東京に御所がうつってからでも百年そこそこだ。京都の御所だって、高山彦九郎が拝んだころは、屋根に草が生えていた、という話もきいたことがある。

2

むささびの子が、穴の口から出て、椎のへりを危なげに歩き、地めんへ降りて、あそんでいるのを見たのは、秋末の一日だった。一年上級の寅三が見つけた。寅三は宮の床下から、竹の棒をとりだし子を追いまわして近くの溝の橋下へ追いこむと、作市に向う側で監視しておれと命じ、自分は橋の下へもぐって、しばらく身をかくしたが、やがて手づかみで、むささびの子を捕えてきた。私らは、寅三の勇気をたたえて宮の三和土(たたき)に集まった。祠の前の三和土は、雨だれ落ちだった。その日はよくかわいていて、子供らがくるま座になってむささびの子を眺めるのに好都合の場所だった。むささびは鼠ぐらいの大きさで胴がながく、四肢のあいだに肉のうすくつまった羽根のようなところがあった。猫のような顔で髭も生えていた。寅三が力づよくつかんだため、いくらかしおたれて、軀をちぢこめて怯えていたが、寅三は、それを竹棒で小突きながら、

「とちなんぴんのふるしきみたいな羽根を見せたるぞ」

といって、むささびを仰向けにさせた。ふるしきといったのは風呂敷のことである。灰いろまだらの短かい毛なみの腹が出た。前肢と後肢のあいだに、膜をはったみたいにひろがっていた。羽根というより、腹の皮のつづきのようだった。そこにも、毛が生えていた。

「こいつが落下傘みたいになるねんや」

と寅三はいった。羽根をひろげて仰向けに寝たようにみえるむささびの腹に寅三はさわって、

「まだぬくいからだしよる」

といった。この時、このむささびを見物していたのは、作市のほかに、まだ二、三人いたはずだが、誰だったかははっきりしない。何しろ、九つぐらいの時だから。とちなんぴんというものを、はじめて間近に見たのであった。茶褐色の風呂敷を一枚落すみたいに、木から木を上から下へくだる時は飛び、上へのぼる時は、爪をたてて木をよじ登るこの動物が、猫に似た顔にしては、妙に人間くさい小さな耳をしていたので、気味わるかった。寅三は、やがて、そのむささびの子供の背中をつかんで、父っつぁんに皮むいてもろて、半纏のうらにしょ、といって帰った。首すじをつかまれているので、むささびの子は、耳の小さな頭を尾にへばりつかせてちぢかんでいた。寅三は一升ぐらいの米の入る巾着をさげてゆくふうに見えた。

3

「大けな椎の木を伐る仕事は厄介なもんで」

と作市はいう。

「権左の爺さまも、綱わたりのような危ない仕事なんで、……それで、若い者を三人つこうて上へあがらせ、自分は一日じゅう下でどなっておった」

作市の説明によると、椎の木は宮の社殿の屋根の上まで大枝をのばしていたので、枝を伐り落すのに手間がかかったそうだ。屋根に穴でもあけば大変なので、権左の爺さまは、若者を梢へ登らせ、綱でその枝をひっぱりながらノコギリをつかわせ、自分は下で監督していたらしい。何本かの枝がそうして、社殿をそこなわぬように伐られて地めんに落されてゆくと、五百年生きた椎は、黒い柱をたてたみたいにのこった。足かけ三日かかった。作市は毎夜、その様子を電話で私に教えた。椎が根から伐られて、とちなんぴんの巣もろとも倒れたのは、四日目だった。木が倒れたとき、作市たちは、現場へ走って、ノコギリ屑のたまった椎の根もとに目をすえた。想像したような巣の底ではなかったらしい。太い樹幹の切り口は、巨大な盆をそこに置いたようで、こまかい年輪が渦をまいていた。巣が根近くにあったのなら、新しいつまった木目が出るのはおかしかった。当然、むささびの巣は上にあったのだろう。権左の爺さまは、巣より下方を伐ったことになる。

「とちなんぴんの巣はどうなっとるかのう」

作市たちは、権左にきいた。

「それはこれからじゃ」

権左はいって、倒れた椎を、ノコギリで大ざっぱに寸法をとり、幹肌にひと挽きしるしをつけて、約四尺ばかりの長さに切りはじめた。若者が電気ノコギリをつかった。そのあいだ、作市らは、椎の洞穴の口を見ていた。洞穴の口は、意外に小さくて、下から仰いで、考えていたような深いものではなかった。のぞいてみても洞穴は、筒になってのびているだけだった。子供のころ、梯子(はしご)をかけてみた穴なのだが、子供の眼には大きかった穴が、辛うじてげんこつが入るくらいなのには驚ろかされた。

「とちなんぴんの巣は、おもしろいもんじゃ。洞穴のまん中あたりに、コブが一つあって、そこにゴミをためよって、床がつくられておったわの」

と作市はいった。

「たぶん、子供らの寝所(ねどころ)で、母親もいっしょに寝ておったと思うの。ゴミは枝をためて編んだようになっておって、その中に、メンコやら軍人合わせやら、コマが出てきたんでびっくりした」

私らは宮の三和土で自分自分の玩具を披露してあそび、日の暮れに雨が降ったりすると、床下の柱かげにかくして帰ることがあった。むささびは夜になって餌をさがすついでに、私らの玩具を失敬して巣へはこんでいたことがわかった。そうでなければ誰がそんなものを巣へ投げてやるものか。メンコは、丸型だったが、軍人合わせは、短冊型で、陸軍の兵科が描かれていた。私らは、これを一枚ずつ出して、相手の出す一枚と勝負した。「地雷」は「工兵」に負けたし、「工兵」は飛行機に負けた。いちばんつよいのは「軍旗」だったが、それも一枚の「間者」に負けたのをおぼえている。母が内職に菰(こも)をあんで、駅のある村まで納めた帰りに買ってきてくれたもので、紙箱に入っていた。箱の表にも軍人の絵があって「軍人合わせ」と書かれていた。印刷インクが鼻につく新品をとりだして、作市らの家へ走って勝負に出たが、新品の「軍旗」が、相手の古くなった、いまにも千切れそうな「間者」にとられてしまうのは悲しかった。コマは樫の木でつくったもので、鉄製のものではない。しかし、やはり絵具で渦が描いてあった。

「わしらの家にさえ失せてしもうた五十年前のおもちゃが、椎の洞穴から出てきた時には魂消たわいのう」

と作市はいった。びっくりしている顔が見えるようだった。私は、作市にきいてみた。

「巣が中ほどにあったのなら、なぜに、根もとで音がしたか。たしかに、小さいときむささびの子供のいびきや寝返りの音をきいたはずやが」

「それは……」

と作市は少し間をおいていった。

「鼠やら、小っちゃい蛇が投げこまれた音やったんやろな。鼠らは中ほどの編み目から落ちて、下で啼いとったにちがいない。権左の爺さまが、三本に分けて切り終えたンで、筒をひっくりかえしてみたら、動物らのあばら骨みたいなもんがいっぱい出てきた。鼠やら、イタチの骨やった」

作市はそういったあとで、ついでだが、とつけ加えた。

「鼠の足の爪は、五十年たっても残るもんかのう、もみじの若葉ぐらいに赤くて小さかったぞォ」

作市の電話が切れたあと、私の頭に、宮の森から一本だけ椎が伐られて、唐獅子のよこにわずかな空地が出来ただろうけしきがうかんだ。陽かげだった社殿前が、それでいくらか陽があたるようになり、地めんがかわいているにちがいない。しかし、その地めんに、鼠やイタチの骨が落ちているかと思うと、ぎょっとした。私は子供のころによく、椎の木や、欅の木の高い梢が折れていて、そこに一羽の鳶がとまっているのを見たが、鳶は必らずのようにだらりと力をなくした蛇をくわえていた。巣へはこぶ途中だときいた。それ以来、鳶をみると、眼をふさぎたい恐怖におそわれたが、むささびも、生きものをいっぱいためこんで子供にくれてやっていたかと思うと、もう少し巣の中の様子をきいてみたくて、作市に電話をかけてみようと思ったがやめた。こっちがかけようものなら相手がかけてきた時より長話がつづくからだった。だが、作市は、翌日またかけてきて、椎の木が、区長の家にはこばれて、正月のどんど火の燃料になることにきまったといったあとで、

「とちなんぴんの親子らは、べつの巣にうつったとみえて、いっせつ、出てもこず啼きもせん。声をひそめて何をしとるかのう……」

といった。もっとも、十二月ではまだ早かった。むささびが夜っぴいて、部落の空を舞うのは冬のことだ。雪の降る夜さりだ。餌がなくなるまで、新居にこもって外をうかがっているにちがいない。私がそういってみたら、作市は、うなずいている様子だったが、

「どうして、とちなんぴんは、わしらの玩具を巣へはこんで五十年もためとったのかのう」

とくりかえした。私にもわからなかった。

馬の話

1

釧路の近くに門脇という村落があって、祐天寺才蔵というお百姓さんがいる。私は会ったことはないのだが、手紙だけはもらっている。釧路はむかし、といっても十二、三年前に一ど訪れて、街はずれの高台のホテルに泊ったことがあるが、霧のふかい夜を呑み歩いたぐらいで、べつにこれといった印象はない。才蔵さんの村は、海に近くて、晩秋だと崖の上の野っ原にコスモスが何万本と咲いているそうだ。なんでも、そのコスモスは火葬場の所有で、死人を焼いたあとの灰をまいて育てたものだという。こわいような、うつくしい話である。死んだ人が灰になるのはわかるが、あとで花に生れかわる。コスモス畑は海ぎわの断崖できれているそうだが、テニスコートぐらいのひろさで、花の種類は赤、白、紫、薄桃と数多く、おなじ赤でも紫でも濃淡があるそうだ。どれ一つおなじなのはなく、やはり人間を見ているようだと才蔵さんは私への手紙に書いてきている。農夫にしては風雅を理解する人である。ことし才蔵さんは七十で、どうしても、私のところへ、馬を届けたいといってきた。才蔵さんの村は馬産地で、むかしから軍馬を飼育し、才蔵さんも昔は仲買人をやっていたが、いまは下火になって、農業用の駄馬を育てている。村は六十戸ぐらいしかないが、六十戸ともみな馬を飼っていて、じつは火葬場のコスモス畑の話は、馬を放ち飼いする場所についての説明に出てきたのだった。才蔵さんは、右肩あがりの細字で、便箋につぎのように書いている。

「わたくしどもの放牧場は黒鷹という海ぎわの崖上でありますが、そこは村の火葬場につながっていて、死人の灰で育てたコスモス畑があり、馬の子は花にかくれて見えんぐらいにコスモスはのびているのであります。これはいっぺん、是非とも見ていただきたい景色でございますが、コスモスというものは太いのは子供の手首ほどもあって六尺近いのがあります。馬の子は、やわらかい草は喰いますけれども、コスモスは喰いません。死んだ人が生れかわっている花だからと、馬の子は、馬の親からきいて生れてくるとみえて生れたての仔馬も花の若苗を口にいたしません。夏末から冬ぐちまで、放牧場の端にひろがるコスモスは、わが村の自慢のものでありますが、わたくしも、やがては、その畑の一輪の花に生れかわるのでございます」

才蔵さんを私に紹介したのは、軽井沢に住む友人で、観光客向けの乗馬クラブの崎山さんである。崎山さんとは、私が馬の写生に行った時から親しくなった。軽井沢で冬ごしするようになって、退屈まぎれに写生をはじめ、近くの乗馬クラブが門を締める秋の末から春先まで、仕事のない馬が時どき馬舎の外につながれているのを見物がてら、写生してみたくなった。崎山さんは馬舎のわきに住んでいた。明治の中期に皇族や貴族院議員が軽井沢の夏を愛好して、乗馬を楽しんだことは有名だが、その時代にこのクラブは出来たそうだ。崎山さんは、創立者の血縁で、今は経営者ではないが、委されているといっている。細君と娘ふたりの四人ぐらしで、四人とも甲斐甲斐しく馬の守りに精出している。飼糧は近くの馬取村の農家がはこんでくるといっているが、藁を押切り機できざんだり、糠をまぜたり、水をやったりするのは、通勤の男衆がやっているけれど、生物のことなので、通いの者より傍にいる家人の方が何かと手間をかけねばならぬことも多いようだった。雪のあがり間をみて、散歩させたり、吹き込んだ雪でぬれた馬房の寝藁をとりかえる仕事は、家の女達がやっている。上が十九で下が十六の娘さんも、母を手つだって馬の尻をふいているのを見たことがあった。観光客の少ない秋末の軽井沢は、眠ったようで白樺と赤松の木立ちにかこまれたクラブには殆んど人影はない。その林の中で、二十頭ばかりの馬が、馬房前のつなぎ場で、つなぎ紐を地面にずらせてあそんだり、時にはすねたようにしゃがんだりしているのを眺めるのが私は好きだった。写生帖をもって出たのもそんな一日で、椎茸の出そうな古い櫟材の柵にもたれて、遠眼に見える馬をスケッチしていたら、崎山さんが寄ってきて話しかけてきた。私は馬のことには殆んど智識はないのだけれど、馬との絆といえば、昭和十九年四月から八月にかけて、京都伏見の輜重隊で馬卒をつとめていた。馬卒は輜重輸卒とよばれ、軍隊では最下等の兵科だったことでこれも有名である。教育は短かい期間だが、輓馬と荷駄馬の教練をうけ、馬舎で馬と共にくらした日々の辛労だったのが忘れられない。ざっと四十年もたって、冬ごしするようになった山ぐらしの近くで、二十頭もの馬が、のんきに雪の中を放ち飼いされているのを見て、なつかしい思いがするのもそのせいだった。崎山さんは、私よりは五つ下だった。軍隊の経験はなかった。

「話にはきいてましたが、輜重輸卒はつらい兵科だったようですね」

と崎山さんはいった。私は写生の手をやすめて、兵隊時代の話を二、三はなした。はなしながら、当時から疑問に思っていた馬の習性についてきいてみた。一つは、馬の寝藁のことだった。私たち兵卒は、朝早く起きると、馬舎へ走ってまず馬をつなぎ場へ出したあと、馬房の寝藁をかかえて軒下で干すのが日課だった。夕方になって、よくかわいたのを馬房へもどすのだが、この時どういうわけか、よくかわいた寝藁を房にしきつめて、馬をつなぐと、どの馬もいっせいに小便する。手をかけて干したのに、すぐ小便されては、たまらなかった。

「よくわからないんですが、馬は陽に干した寝藁は好まないんじゃなかったですか」

と私がきくと、崎山さんは端正な細長い顎へ片手をそわせて、

「そのとおりですよ。馬は適度のしめりけがないと安心しないんですね。ギリシャのクセノホンの書物にくわしく書かれています。軍隊では寝藁干しが朝課でしたか……そりゃ……まずい

な。わたしらのところでは毎日とりかえませんね」

　とあきれた顔で、

「そんなことは、馬のことを少し勉強すればわかるはずですがね」

　といった。私はなるほどと思ったが、教育をうけた三ヶ月間、べったり寝藁干しに精励した日々が思いかえされて、それが徒労だったといわれれば、四十年経っているのに新しく損をした気分にもなった。もう一つきいたのは、馬の手づなをとって行軍している時馬が勝手に足をとめてうごかなくなることがあった。つれの馬が隣りにいるのだし、勝手に止まられては列が乱れた。手づなを力づよくひっぱってみるが、てこでも動かない。何どかひっぱると歯をむいて怒るのである。

「あれは、どういうのですか、わたしらへのいやがらせでしょうか」

　ときくと、崎山さんは、

「馬は神経質な動物でして、たぶん、その時の光線が、馬の遠い記憶にのこる何かとかさなって脅えてるんでしょう。馬には、そういう特性があって、ある時間の光線だとか、あるいは、似たような場所にくると、古い記憶をよびもどすそうです。こういう場合は、きつくひっぱるというよりは、やさしく語りかけて、馬の気分をほぐしてやらないと。たぶん、これだってギリシャの本に出てたはずです」

崎山さんの口から出たギリシャのクセノホンという人については、のちに、崎山さんからくわしくきくことでわかったが、二千年以上も前の騎馬術の大家だそうだ、とその時崎山さんはいった。操馬術では世界で最初の本を書いた人で、「騎馬術」という本は馬をあつかう者なら、一どはよんでおかねばならぬ古典だそうである。二千年も前のギリシャの学者が、馬はかわいた寝藁を欲しない、少ししめった方がいい、と書いているのに、どうして日本陸軍は、あんなに朝早く毎日兵卒をたたきおこして、馬のいやがる寝藁干しをやらせたのだろう。また、馬が行軍中にとつぜん歩行をしぶった時などに、尻をたたくとか、手づなをひっぱるとかして隊伍を乱さぬよう叱りとばした上等兵も、クセノホンのいったように、馬が古い記憶をよびもどして哀しんでいる心へよりそう配慮はなかった気がする。

崎山さんとは、以上のようなことを話しあった日から近づきになり、写生にゆくたび、崎山さんの家へもよばれ茶をご馳走になった。細君も娘さんも、気立てがよかった。茶うけには松井田梅のかりかり漬が出た。

釧路の祐天寺才蔵さんを教わったのは、茶をよばれるようになってまもなかった。何げなく北海道や東北の馬産地が話題になった時、昨今では軍馬の育成がとだえたため、十勝あたりでは、競走用のサラブレッドの飼育に熱心になったが、駿馬がそう育つはずもない。それで何十頭に一頭かの候補馬を出したあとは、殆んどカンヅメにしてしまうと崎山さんははなした。

「カンヅメというと」

思わず問いかえした。

「食糧ですよ。かわいそうですが、落第馬を育てても、使い道はありませんから。近ごろの放牧場は食肉用が殆んどですね」

「殺すんですか」

「はあ」

崎山さんは、新聞の切抜帖をとりだしてきて一年に一万頭以上もの馬を食肉用にして繁栄している馬産地方農協の記事を見せてくれた。崎山さんは、驚いている私を眺めて、こんなあたり前のことを知らなかったのかといいたげな微笑をつづけながら、

「よろしかったら、お飼いになってはいかがですか。お宅はひろいお庭がおありだし。めんどうになられたらわたしがひきとりますよ。値段はそんなに高くはありません……昔のご縁もおありなんだから……一頭お飼いになるのも楽しいじゃないですか……懇ろにしている馬喰さんもいますから。……北海道へ頼んでみましょうか」

2

事のおこりは、こんな話のはずみからだった。私はその時、崎山さんに是が非でも馬が欲しいなどといった覚えはなかった。だが、馬産地の話題が出て折角苦労して産ませた仔馬が、優秀馬にならねば片っ端から殺して食肉にするという事情をまったく知らなかったのである。もっともこの時、心の隅で、そのようにかんたんに殺してしまうぐらいならひまと金があったら飼育してみたいな、と思わぬでもなかった。それは、たぶんに、四十年前に馬卒をつとめたこととかさなっていた。あの当時の軍馬は、みな天皇の所有にかかわり、私たちは、召集令をうけて、伏見の部隊に入った際、班長の軍曹が、

「お前たちは、一銭五厘で狩りあつめられるが、馬はそういうわけにはゆかんぞ。今日からお前たちのあずかる馬は天皇陛下のお馬だ。教練中にまごまごしよって放馬したり、荷積み中に、傷つけたりしたら、陛下に申しわけがたたんぞ」

と念を押した。輜重輸卒は馬の守りと荷物をはこぶ輓馬が仕事だから、手づなをひいたり、馬の尻をふいたり、汗をふいたり、蹄鉄(ていてつ)をはめかえたり、馬房を掃除したりするのが役目だっ

た。馬に乗るのは禁じられた。馬に乗れるのは本科兵の輜重兵だった。これは、私たちの上官であるから、馬は、陛下の所有物というだけでなくて、上官たちの乗るものだったし、また、私たちはその馬のために召集をうけたのだから、たとえ物のいえぬ畜生であっても、私たちの戦友といってもよいぐらいに密着した。兵卒は二頭の馬をあずかり、これを「持ち馬」とよんだ。私のは「照銀」と「大八洲」という名だった。八戸の馬産地が在所だときいた。（八戸に生れた馬でも天皇の馬だった）二頭とも栗毛で、体格もよく、顔だちもよかったが、若馬なので、くせがつよく、照銀の方はとりわけて「蹴りぐせ」がひどかった。じっさい、調練のゆきとどかぬ馬ほど厄介なものはなかった。一日じゅう二頭の馬を手放さずにいるのだから、時には一頭の取扱いがおろそかになる。眼をそらせると馬は兵卒を小馬鹿にして、つなぎ綱をひきずって営庭へ走り出る。馬の方が逃げたのに放馬は兵卒の職場放棄となって罪になった。上官にこっぴどく叱られた。回数がかさなると営倉ゆきだった。天皇の馬だから、放馬も罪になって当然だったろう。

いってみれば、私たちにとっては、馬は瞬時も、眼をはなしてはならぬ大切なあずかりもので、厄介なことではあるが、考えてみると意地のわるい上官よりも、馬の方が率直でやさしいところもあるのがわかってきて、日が経つにつれて親しい友人にもなった。そんな生活を三ヶ月もつとめたのだから、私にとって、馬は殺してたべるものとしては存在していなかった。トラックや耕耘機の発達で、農家に馬役が亡び、競走馬のほかに使い道がなくなったにしても優秀馬になれない理由で、片っ端から食肉にするとはもったいない。唖然としたのはたぶんに個人的な思いもあって他意はなかったのだ。崎山さんはいう。

「祐天寺さんといってね。あの近くでは馬の育成では功労者ですよ。いまはお年もとられて現役じゃありません。おうちは息子さん夫婦とお孫さんが百姓しておられて、いまはご隠居さんですね。わたしは三、四どこの方と会っていますが、愉快な方でしてね。……苦労人でもありますから、話がおもしろいんです。この人の先代が、馬喰さんで明治からずっと昭和初期まで、軽井沢まで馬を売りにきたんです。わたしは知りませんが、外山の者たちはそのお爺さんのことはよく知ってるようです」

と崎山さんはいった。外山というのは、この乗馬クラブの経営者の一族の姓だった。クラブの名も外山乗馬クラブとよばれている。

「小さい頃の話ですが、馬喰がきて、うちの馬の尻を一つずつたたいてゆくんだそうです。この馬は、ああだ、こうだとぶつぶついいながら、これというのを見つけると、早く取りかえねば損をする……というんだそうです。外山の連中は、智識がなかったから、馬喰のいうとおり病気にかかりかけていると思って、もってゆかせるんだそうですが、じつは爺さんはそいつを、他県のクラブへ売りつけといて知らん顔でした。市松という気立てのよい白馬がいまして、外山ではかわいがってた。それを、爺さんがやってきて、早く手放さないと他の馬に病気がうつるとか何とかいってつれていった。……ところが、六年ほどして……べつの馬喰がぶらりとやってきて、見ると白馬の市松をつれていたそうです。こいつはいい馬だよっていうんですって。市松の方は、勝手知ってた馬舎をみたので、なつかしげに入っちまった。馬喰ってのは、口ひとつで、儲けられたようですね。釧路の才蔵さんはそのお爺さんのお子さんで、若い時は爺さんにつれられて信州あたりまで売り買いにきたそうです。私は先代には会ってませんが才蔵さんには外山のところで会ってるんです。ふつうの海千山千の仲買人と一風も二風もちがった、おもしろい人でした」

崎山さんの話をきいていると、見もしない十勝平野の馬産地の仲買人の親子の風貌がだいたい想像できた。遠い信州の観光地まで、明治時代から昭和の戦前期まで馬を売りにきた商人の流れがあり、今日も絆が切れずに、親交がつづいている話は私に温かくきこえた。

一ヶ月ほどしてゆくと、崎山さんは、

「あなたの話をしたら、名前は知っていました。軍隊時分のことを書かれた本もよんだことがある。それだけ馬がお好きなら、ぜひ一頭送りたい。値段なんか気にしなくていい。送り貨車代さえもってもらえばただでもいいっていうんです。まあ相談してみますといったら、手ごろなのが出たらすぐにでも送るといってましたよ」

電話ではなした時、二つ返事だったそうだ。こういういきさつで祐天寺才蔵さんと私は文通をはじめることになった。

3

最初の手紙はこうだった。

「貴殿がむかし、輜重輪卒をしておられたことは他人事でないなつかしさをおぼえます。私も、輜重兵をつとめ、ながらく満州牡丹江（ぼたんこう）におりましたが、敗戦後解除となり、二等兵でもどって家業に専念しました。輪卒はいくらご奉公いたしても、星一つが限界で、昇進しないのは情ないことにござりました。崎山さんの話ですと、あなたは、京都伏見の中部四三部隊だった由でありますが、外地にとられず幸わせでござりましたね。輪卒の外地勤務というものは内地の勤務とまったくちがい、一ヶ月や三ヶ月で教育を終えられるメドはなく、おまけに、他の兵科では、前線基地まで昇格の通知がまいりますのに、輸卒にだけは、それがありませなんだ。四年間も重砲隊で働かされたつらい満州の日々は、人にも語れない屈辱にみちたものでございます。私は幸い命ながらえ帰国できましたけれども、いくたの戦友が馬と共に凍傷で死んだ飢餓行軍の日を思いおこしております。私の一生は、馬とはなれては生きてゆけなかった、と、親の馬喰商売ともかさねて因縁を感じております。私も老いてまいりました。もう昔のように外へは出ませんが、信州は親につれられてよく行ったので浅間の山も軽井沢の教会もおぼえております。私の親は、旅に出たら一年も二年も帰ってこぬ人で、こっちから馬を送りますと、それを売りとばした金をもと手に、またべつの馬を買い、べつの客筋へそれを売って、サヤをとりながら、上手にもと金を三倍ぐらいにしてもどってくるような人でした。あくどいこともやったようです。あまり、よくいう人はありませんでしたが、私にはなつかしい父親にかわりありませなんだ。昨今は、家内にいわせると私の顔も足腰もその親そっくりだということです。私はあなたが、崎山さんに、伏見の兵舎から、神戸の港まで、愛馬を送り出された話をされたのを電話できききましたが、まったくそのとおりです。馬が輸送船に乗る時は、かならず、ひと声嘶きました。かわいそうな瞬間でございました」

こんなことが縷々と書きのべられ、何どめかの手紙には、釧路に近い刺牛村の門脇あたりのことがくわしく書かれ、例の火葬場のコスモス畑が出てきたのだった。

「当方は根室本線の白糠という駅に近く、庶路川という川と茶路川という川にはさまれた丘陵地にござります。火葬場は古い一つ竈の建物にて、そこで働く人は、昔は専門職にござりましたが、いまは役場の保健衛生課の者がつとめ、代々の者は、大正期に専門職だった人の慣習を尊んで、死んだ人を焼いたあとの灰をぐるりの畑にまき、コスモスをそだてております。この風習は、近在にもみられ、なかなか、ありがたい行ないであります。村の老人たちは、葬式のたびに、畑へ出て、花の一つ一つにさわり、やがて、自分もそういう花になる日がくることを考え、仏心をおこしておるのでありますが、近くには病馬の焼き場があり、墓こそござりませんが、菩提寺に畜生をまつる無縁墓もあり、そこで、毎年、盆には施餓鬼をやる慣習にござります。馬というものは、あなたの話にもござりますように、人間界にまったく近い動物で、私には猿などよりも人間に近いように思えるのでありますが、まったく猿などのように悪がしこいところはなくて、男らしく、きりっとして、癇症なのはいますけども、なかなかさっぱりした、神経のこまやかな上等動物だという考えは、今日もかわりません。白糠の話で、馬喰が買うて遠い函館まで船ではこんだ馬が、何日かして海を泳いで帰ってきて、家のかど口にきてこと切れておったというのがござります。犬猫のように人の恩というものを忘れない動物でござりましょう。いずれ、よい馬が出ましたら、あなたさまにお送り申すつもりですから、その時まで、お待ち下さるようお願いします」

才蔵さんに、崎山さんが私のことをどうはなしたか内容はわからぬが、もう私が軽井沢で馬を飼育するつもりで待っているものと、思いきめているようであった。だが私は、才蔵さんの誠意あふれる文面に心を打たれ、また、見もしらぬ根室本線の白糠に近い村落の生活と風習をなつかしく思いうかべはしたが、正直いって、適当な馬を才蔵さんが手に入れて、私のところへ運搬料着払いで送ってくる日のことを想像すると、身じろぐ思いもして思案せねばならなかった。

崎山さんのいうとおり、私の山の家にはかなり空地はあった。だが、馬を飼うとなると、まず馬小舎（うまごや）がいるだろう。それと飼糧（かいば）も心配せねばならなかった。それに、犬猫を飼うのとちがって、図体の大きな代物であるから、いくら馬卒時代に親しみをもっていたにしても、家の女子供には、ちょっと手に負えない飼いものにちがいないのだった。それに、もし、私が意を決して本当に飼うとすれば、いつ才蔵さんが送ってきても、受けとれる小舎だけは用意しておかねばならないし、崎山さんから、飼糧や馬を世話する道具類の入手も段取りつけておかねばならなかった。それで私の一存だけではきめられず、周囲の人たちにも相談せねばならないのだった。東京の妻子はもちろんであるが、軽井沢で私の世話をしてくれている娘や、屋敷内に工房をもつ竹人形グループの女性にもである。男は私ひとりしかいないのだから、当然、負担は娘さんたちにかかるのだった。相談なしで馬など飼って、ひんしゅくを買い、人間に逃げられてしまっては、話にならない。馬は図体も大きいし、世話もやけ、セントバーナードを飼うような具合にはまいらないだろう。

しかし、なかなか適当な馬は見つからないと見えて、いざ手に入れば、電話をしてくるはずなのが、才蔵さんからしばらく音沙汰はなかった。音沙汰がないと、病気にでもなっておられるのではないかと案じられた。年が年だから、寒い土地での冬ごしは難儀だろう。手紙がないと、心配も生じたが、おかしなもので、才蔵さんの方も馬のことはわすれて、私にいろいろなことを手紙で何やかや書いてくることの方が楽しいようにも思えた。

才蔵さんは、私が、神戸の港へ輜重隊の馬をはこんだ日のことを崎山さんにはなしたことについて感想をのべていたが、じつは私にも、この日のことは忘れずにあって、遊園地などで馬を見かけても、その日のことがかさなってどうしようもなかった。

あれは、昭和十九年の八月のはじめだった。朝から暑い日で、私たちは、六時にラッパで起されて、隣りの兵舎の仲間が、第一装に着がえて、営庭に集まるのを見ていた。仲間たちは、どこかへ出発するらしかった。私たちは、上等兵に引率されて、馬舎へいって、馬をだした。この朝は寝藁干しはなくて、つれだしたのは戦友の持ち馬ばかりで、営庭に整列させた。頭絡をつけ、鞍下毛布に鞍を置き、馬具一切をととのえると、中隊長の背低い中佐が前方壇上にあがって、「只今よりィ神戸港に向って進発ーッ」といっただけで降壇した。何が何やらわからぬようなことだった。寝ぼけ顔で、ようやく二頭のあずかり馬をそこにひいてきてならべたら、すぐ、その号令だ。私たちは出発した。

隣りの兵舎には私たちより古参の教育兵がいた。私たちは四月入隊だったが、彼らは三月だった。私らよりは一ヶ月早いだけで、外地出発の指令がきたらしいと、行軍中にささやかれた。私たちは、事の真偽はわからぬけれども、いつにない早朝の行動であったし、また中隊長の緊張した、張りつめた声でだいたいの予想はできたのだ。出発組は、私たちよりは早くに営門を出て馬はつれていなかった。馬をはこぶのは私たちだった。誰いうとなく、外地にゆく仲間を送るために、われわれは、馬はこびをひきうけているのだということだった。私たちが外地へゆかずにすむのは、ふだんの衣服のままで、背嚢も銃ももたないでいるからわかるが、出発組の隣りの班は、みな軍装をととのえていた。

神戸へついた時、私たちは、長い埠頭のコンクリートに数珠つなぎになった馬を見て、息を呑んだ。どこからきたのか、もう、よその部隊の馬もきていた。輸送船は、黒い腹を岸壁すれすれにくっつけていて、山の崖か何ぞが壁のようにへばりたっているようだった。私たちは、馬を倉庫の壁にわたしてある鉄ぐさりにつないで、小休止ののち、やがて、はこばれてきたクレーン車の働くのに応じて、馬の船積みを手つだった。

クレーン車は、カマキリのような細い身を空へつき出し、頭から鋼鉄のロープをたらして、先に、黒い釣り針状のひっかけがゆれていた。自分のひいてきた戦友の持ち馬に、腹帯をかけて、クレーン車の釣り針にロープの輪をひっかける。これは、教育期間中に、将校から習ったのだった。馬の輸送についてはいろいろ方法があったが、輸送船に積むときは、周到な用意がいった。革帯の幅はひろい。背中でつりあげるから馬体の重みで、革が皮膚にくいこむので、革のあたるところに、毛布やボロを固定させることが必要だった。私たちは、自分自分の持ち馬を、戦友とともにととのえていったが、やがて、クレーン車が近づいてくると、近くの馬から順に積みこんだ。

クレーン車のロープは、ゆったりとゆれてくるけれど、兵卒が釣り針状のさきをとって、背中のロープの輪にひっかけると、すぐカラカラと滑車がまわり、ロープは上へあがった。馬は、いやおうなく、ひきあげられるのだが、急に背中をひっぱられて、腹をしめていた帯革がくいこむのであばれた。到着した時から、船腹がそこに見えているのだし、他の馬たちがいななきながらつるしあげられるのを見ているから、いざ自分の番となるといやがるのであったろう。蹄鉄のついた足裏で、コンクリートを蹴る。パッパッと火花がちる。必死にこの土地にしがみつこうとしている。だが、冷酷なクレーン車は、みるまに、馬を宙にうかせた。啼くのはこの時だった。空にむかって、こんな理不尽なことはないといいたげに啼くのだ、私たちは空を仰いだ。馬は、白茶の腹を光らせ、四肢をばらばらにうごかしてもがいていたが、やがて、前肢を合掌させておとなしくなった。おとなしくなった馬は、宙につりあげられた一個の物体だった。私たちは、眼頭があつくなった。

あずかり馬の番がきた時、タラップを走りおりてきた背のひくい四十年輩の兵卒がいた。隣り班の仲間だった。もちろん、兵舎がちがうから、名も顔もおぼえていない。

「××二等兵、敷島をあずかりまあすッ」

気をつけの姿勢をとって、その兵は私たちのうしろにいる上官に敬礼する。

「よおしッ、いってこい、ご苦労ッ」

軍曹がどなるようにいう。敷島という馬が、この二等兵の持ち馬らしかった。やがて、敷島は、その兵卒の見つめる前でつるしあげられて、コンクリートの岸壁を蹴って四肢をまげたりのばしたりして頭上でもだえた。

「××二等兵上船しまあすッ」

背のひくい兵卒は、私たちに挙手の礼をして、廻り右して、走り去った。兵卒が、肩をまるめて走ってゆくのに彼の愛馬はまだ、空中で啼いていた。「馬事提要」の馬輸送の項目によると、愛馬が上船するまでに、兵は、上船を終え、甲板におろされるのをうけとることになっている。四十年輩の兵卒が走ったのは、そのためである。タラップは、黒い船腹から急な坂になって岸壁へたれていたが、兵はやがて、そこを犬のように走りぬけて見えなくなったのだ。敷島は、まだ空中でもだえていたが、やがてこれも前肢を合掌するようにあわせると、啼くのをやめて、首をちぢめながら甲板上へ落ちていった。

私が崎山さんにはなしたのは、こんな一日のことだ。馬卒時代の思い出は、十勝平野の門脇に住む祐天寺才蔵さんと同じく、人に自慢してはなせるようなことでもないが、この日の馬との別れだけは頭にのこっていたのだった。私が崎山さんにこんな話をしたのは、この日外地に向ったきり、帰ってこなかった隣り兵舎の馬卒たちの運命を思ったからだ。あとできいたところによると、この日の出発組は、何次めかの暁部隊という混成部隊に組みこまれて、三日後に神戸を出たが、船は、台湾海峡で、敵の魚雷にふれて沈没した。輸送船の馬房は船底近いので、馬卒は、その馬房で就寝し、受持の馬を守るのが役目だ。それ故、沈没した場合、甲板近くにいる歩兵や将校は、ゴムボートや、棒切れをたよりに波間にただよえたが、船底にいる馬卒は馬とともに死んだという。馬を捨てて逃げると罪になったからだろう。

私は、こんな何でもない話を、北海道の農村の隅に住む才蔵さんが、心にとめてくれたことをうれしく思った。そうして、そういう話を、人を介してきいただけで、心ふかくうけとめてくれた手紙をありがたいと思った。

今日は早や正月も近づく十二月の末になっている。軽井沢の朝夕は零下の温度で、外山乗馬クラブの馬たちが、娘さんらに手づなをとられて散歩する道も霜柱がたっている。高原特有のしばれた土道である。北海道の十勝平野の海ぎわも、あるいは馬の走る道はしばれているかもしれない。才蔵さんから、その後手紙はこない。私のために適当なのをさがしているという馬も見つからないらしかった。だが音信のないのは淋しくて気にかかった。それで、陽の落ちないうちに、クラブを訪れ、崎山さんに様子をきいてみると、

「病気ってことはないでしょうね。元気な方ですから……あなたに進呈せねばならん馬が見つからないんで、奔走しているのとちがいますか」

もちろん、そんな馬が見つかれば、崎山さんのところへ先に電話があって、つぎに私に連絡

があるはずだろうと思う。私は家の女性たちに、北海道から馬が一頭着くかもしれんからと、たびたび留守にすることもあって、よくいいつけてある。馬小舎のことは、出入りの大工と相談ずみで、馬が来たら、空いたままに放ってある自動車の車庫を改造するつもりでいる。これも馬が来てからの相談だが、飼育用の道具や飼糧や寝藁のことなんぞは、崎山さんの指導を待つしかない。だが、崎山さんの話によると、才蔵さんが、本当に馬を送ってくるか、どうか、ちょっとあやぶまれる予感がしなくもないのだった。これは勝手な想像だが、昨今の農村の景気では怪しい気がするのである。新聞での智恵と、崎山さんの説明での判断だけれど、馬をころして景気のよかった地方畜産組合のどん底不況がつたえられている。輸入肉とのかねあいから、国産馬肉の抑制が政府の方針だとかで、馬飼いをやめる農家が多いそうだ。そうなると、景気のよかったころのように、おいそれと、私などにまでまわしてもらえる馬も見つからないことになろう。

だが私は、音信のとだえた才蔵さんが、私のために、真剣に、馬をさがしてくれているかと思うと、ありがたい気がした。また、馬がきた日のことを空想すると、心も躍らないではおれないのだった。自分の馬がくる。馬小舎代用の車庫におさめて、時には、たてがみにしがみついて、乗ってもみよう。戦争時のように叱りつける軍曹はいないのだから、馬がきたことで、いろいろ楽しみがふえるのだった。

だが、才蔵さんからは音信はなかった。刺牛の門脇放牧場も、道のしばれる冬なら、テニスコートぐらいのコスモス畑は、冬枯れだろうか。才蔵さんの近況を知りたい。私はこの一年崎山さんのところの馬を写生したのをためているので、その一枚を同封して、才蔵さんに、見舞状を書いてみようかと思う。馬がこなくてもいい。あなたの刺牛だよりがほしい、と書こう、と思う。

狐の話

郷里の垣内良平から電話がかかって、それがいつも深夜の一方的長話なので閉口してきたが、去年の夏から、ぱったりかけてこなくなった。おかしなもので、それが淋しかった。同じ村に住むぼくの弟の話だと、良平は勤め先のゲンパツを休んで、家でぶらぶらしはじめたが、八月中頃、持病の結核が高じて高浜町の病院へ入院したということだった。働き者なので、一日とて休まず、毎朝部落の入口にくるゲンパツ専用の通勤カーに乗って、半島の突端にある原子力発電所の新設工事現場に出ていたのであるが、中学時分からの肺結核が擡げた様子で、やはり労働過剰が原因だろうとのことだ。ところが、三ヶ月程した秋末に退院すると、ゲンパツへは出ないで、家でぶらぶらしはじめ、ふたたび年末から電話をかけてくるようになった。あいかわらず深夜ときまっている。最初は大晦日でテレビの紅白歌合戦がすんで、諸国の寺院が撞く除夜の鐘を放送している最中であった。ぼくは家人たちと茶の間でテレビを見ていたのであるが、アナウンサーが松島の瑞巌寺の鐘楼をうつしはじめて何かしゃべりだした頃にわきの電話が鳴った。受話器をとると、やあ、ツトムさんかい、と良平の声である。すこし呑んでいる様子なので、二階へ切りかえるから待て、といいおいて、書斎へあがって妻に切換ボタンを押してもらってから相手した。

「いま、西方寺の鐘が鳴っとるで、あんたにぜひきかせとうてのう」

と良平はいった。ああ、ありがとう、とぼくはいった。先年、といっても三年前になる。母が死んで村で葬式した。その時、望外な香奠を諸方から頂戴したので、使い道のことで弟夫婦と相談した折、村の菩提寺が戦時の供出で鐘のないままの鐘楼をもっているので、寄附しようということになり、高岡の老子製作所へたのんで、以前にあったのよりはいくらか大きめの鐘を鋳造してもらって寺へ納めたのである。母の死んだ年の夏だ。菩提寺は西方寺といい、臨済宗の相国寺派三等地である。住職は高齢だが、だいこくさんは和尚よりは若い（といっても六十近いが）。元気なので、和尚にかわって、毎日鐘を撞いているという報告を良平からうけていた。じつは大晦日の除夜の鐘もこれが最初ではなかった。寄贈した年の除夜を良平は電話できかせてくれた。ところが、今年になって良平は退院して、気分もよかったのだろう。縁先の障子をあけて、裸の受話器を外へつき出して寺の鐘をきかせてくれるのである。

「どうや、きこえるか」

と受話器を外から自分の耳へもどして良平はたずねた。ぶうぶうという風音がつよくてよくきこえない。

「そっちは雪なのかね」

「ああ、ごっつい雪風や」

と良平はいった。

「けども、きこえるじゃろが。よう耳をすませて見やんせ。寺のあばんが撞いてござんす」

寺のあばんというのはだいこくさんのことだ。背のひくい丸顔のぽっちゃりしただいこくさんの六十顔がうかんだ。ぼくがまだ村で教員をしていたころ、和尚と新婚だっただいこくは、美人というほどではないが、愛しげに細眼を笑ませて物をいう人であった。

「そんならもういっぺん外へ出すぞ」

とまた良平はいった。階下のテレビで家人たちは松島の瑞巌寺や、京都の知恩院の名鐘の音をきいているだろうが、ぼくは、故郷の菩提寺のよこにある良平の家の縁先を吹く雪風の音に耳をすました。ぶうぶうという音と、ひゅうッひゅうッという音が受話器のエボナイトをふるわせて、どう耳に押しつけても鐘の音はきこえない。

「あかんなァ。ちいともきこえんぞ」

良平は、カチンという音をひとつたて、たぶんこれは、卓子においた徳利の尻があたった音だろう。

「お前さん、退院したときいたがまた酒か」

とぼくはきいた。

「ああ、今晩からゆるしが出てのう。嬶が一本つけてくれた」

と良平はいって、わきにいるらしい細君に何やらいっている。まもなくして、

「いま、嬶がかわって、外へ受話器を出すからようきいてくだんせ。わしひと走り寺へいって、あばんにかわって撞いてくるさけ」

というが早いか、外へ出るけはいだった。西方寺と良平の家は高台つづきである。あいだに川があるので、橋をわたる。橋をわたって、それからまだ桑畑と野菜畑をぬけ、寺の椿垣をくぐって鐘楼へゆくまで五分間はかかるだろう。そのあいだ、ぼくは、良平の細君と話をした。

「良平くんは、すっかりよくなった様子だが、酒はいかんのとちがうか」

先ずきいた。

「お医者さんは大晦日がきたら二本呑んでもええいわんしてのう。ほれで今日からうらがつけてあげたんやわの。あんたさんは息災ですか」

ぼくは良平の細君の、これもぽっちゃりした色白の顔を思いだしながら、息子さんらと婆ちゃんの近況もきいた。一家はみな息災だという。

「それは結構だ。ところで良平くんはゲンパツはやめたのかね」

「いいえ、休んでもろたらどもなりませんわ、正月があけたら、また心機一転で働いてもらう

つもりです」
と細君はいった。良平の会社は、建設現場をうけもつ二次会社で、ゲンパツへゆくといって
も、関西配電の社員ではなかった。建設専門の土方(どかた)を現場へまわす会社に属し、良平はそこで、
起重機をうごかす自動車の運転をしていた。そんな技術をもっているので、ただの人夫ではな
くて、技術者だと自慢したことがあった。どんな技術なのかみな電話の話なのでぼくにはくわ
しくわからない。
重たい鉄や石やセメントのかたまりを空中にぶら下げて運ぶ。カマキリのような形をした長
短自在の起重機を、良平は、車の中にいて、操縦棹(ハンドル)をさばいてうごかす仕事に精通しているの
かもしれない。しばらくはなしていると、細君が、
「ああ、鳴ったわの。大きな音や、うちのひとの撞かんした音や。きこえますか」
受話器を外へつきだす様子である。また、ひゅうッ、ひゅうッと音がして、かなりな雑音だ
が、音のうしろの方で、遠くから、ゴオーンときこえた。蚊の鳴くような余韻があとをひいた。
「きこえた、きこえた」
ぼくはいった。細君の返答はなかった。受話器を裸で外につき出しているのだから返事がな
くて当然だった。と、またゴオーンときこえた。ひゅうッ、ひゅうッという音もした。四つぐ

らいきいたころ、細君の声があった。

「きこえましたかいね」

「ああ、きこえた。良平くん寒い中を走ってくれて、ありがとう。寺の和尚は息災か」

「息災やけんどもう八十やで、元気がおへん。除夜の鐘は、あばんでないと、撞けませんねや」

細君はそういってから、ぼくの家の者らの近況をきいた。一、二ど東京へもきて、良平といっしょに食事もしているので、妻や子にも面識があったのである。しばらく話をしていると、良平の入ってくるらしい足音がして、電話は良平にかわった。

「ひゃア、ひどい雪や。橋ですべってころげそうやった」

「きこえた。ありがとう」

「ええ音色やったか」

良平はいった。音色のよしわるしがわかる程の音ではなかった。小さすぎて話にならない。しかし、ここで、そんなことはいえないから、ありがとう、を連発していると、

「いまはまだ七十いくつやったで、まだあとだいぶある。あばんは、マッチの棒を百八つならべて撞いとらんした。一本ずつ、こっちゃからあっちゃへいざらせてかぞえとらんしたわの

う」

と良平はいった。ぼくも寺にくらしたので、除夜の鐘を撞くとき、数をまちがえぬようにマッチ棒をつかったことを思いだした。一つ撞いたあと、棒をいざらせてかぞえたのである。村の連中のなかで、きびしくかぞえている年寄りもいる。百八の数はまちがえてはならない。寺で教わったことによると、百八つは人間がもち得る煩悩の数だそうだ。その煩悩をひとつずつ断ち切れ、と鐘が信者に告げている。京都の寺では、四弘誓願を誦した。マッチ棒を一本ずついざらせながら経をよんだのだ。四弘誓願とはこんな文句である。

衆生無辺誓願度
煩悩無数誓願断
法門無尽誓願学
仏道無上誓願成

衆生は無辺なれども誓って度せんことを願いたてまつる。煩悩は無数なれども誓って断ぜんことを願いたてまつる。法門は無尽なれども誓って学ばんことを願いたてまつる。仏道は無上なれども誓って成ぜんことを願いたてまつる。というわけである。つまり、寺院側では新年を迎えるに際して、四つの願をたてるわけで、煩悩の無数なるは衆生ばかりでなく、僧侶自身もそうであることを、この誦し方ではうけとれる。ぼくは二十歳で、京都の寺で得度生活をおくったが、無数の煩悩を断ずるどころか、いっそう数多い煩悩をためて、寺院を脱走して今日に至っている。良平が吹雪をついて、ぼくに故郷の鐘の音をきかそうとするのは、ぼくら兄弟が寄贈した鐘の音を東京のぼくにきかせたい配慮である。電話料も長距離ゆえ馬鹿にならない。それを惜しまずに、きかせてくれるのはありがたかった。

狐が横暴をきわめている、という報告も、正月があけてまもない土曜日で、やはり深夜の電話だった。雪風のたたく雑音の中であった。

「ツトムさんよォ」

良平は、二本の徳利をぼちぼち空けた様子で、酔った声である。

「狐が天下をとる時節やわい……」

何のことやらわからなかった。狐がどうかしたのか、と問うと、

「キジもヤマドリもたやしてしもて、こんどは兎や。えらいこっちゃ。山じゅう狐の天下や」

ああ、と思った。これには、多少の説明が要る。いつか良平が、鉄砲の鑑札を取得したが、

禁猟あけの十一月から二月十五日まで犬をつれて山へ入っても、いっこうに獲物に出あわない。県条例がきびしく、狩猟地域がせばめられたことと、狩猟してよい獣や鳥の殆んどが、保護獣の餌になって、山から姿を消したというのだった。何でも、数年前から、県は、狩猟家をひどく拘束しだし、つぐみ、虎つぐみ、ひよどり、しめ、百舌(もず)はもちろん、山鳥、雉(きじ)を筆頭に、獣類では、猪、狸、熊をのぞいて、山に棲む猿、鹿、狐を禁猟とし、地域についても村を流れる佐分利(さぶり)川の東岸、西岸を二区に分け、一年置きに一方を禁止区域とした。良平は、ゲンパツで働く給料をため、ロンドン製の二連発猟銃を買って、守猟鑑札を取得したのに、獲物を制限されて心外だというのであった。ゲンパツで働くから、時間も土曜の半分と日曜日にかぎられている。狸と猪と熊が許可されているなら、山奥へゆかねば獲物はおらぬ。遠くまでゆくと、帰りがつらくて、翌日の出勤にこたえた。良平の心算では、軀の調子が人よりわるいので、家の近くを散歩しながら雉、山鳥を射とめ、汁にして喰うことにあった。鳥の肉や兎の肉は脂がのっていて肺病に効くそうだ。ところが殆んど、禁猟鳥獣に指定されたのでは、鉄砲が泣く。

「狐が天下をとるというのは、どういうことかいね」

　ききなおした。

「つまり、わしら鉄砲もちが、キジもヤマドリも獲れんさけ、狐がごっつぉうにあずかっとるというわけや」

と良平はいった。

「キジ、ヤマドリを狐がみんな喰うてしもたあと、こんどは兎や。もう、近い山には、なんもおらんねや。おるのは狐だけで。子ォつれて昼でも散歩しよる。夜さりは、そこらじゅうへ出てきよって、鶏も襲うし、猫やら犬まで追いかけてよる。ごついことになったぞォ。なんで狸が撃てて狐が撃てんのやろ。狐ちゅうもんは昔からわるがしこい奴で、役場も知っとるはずやのに、何の理由で保護しくさるのかのう。おかげで村は狐の天国や。それで、わしゃ、行政の落ち度やと思うたで、役場へねじこみにいった。役場は県の命令やさけ何も出来ん。狐を獲れば監獄ゆきやとぬかしくさった。ツトムさんよォ。わしゃ、役場の連中がみな狐の兄弟に思えてきたがどうかいね」

良平は嘆いている様子であった。ぼくは狩猟のことにはまったく無知であったが、弟が良平のような最新式のロンドン製ではないが古式銃を買いとって鑑札を取得しており、冬の解禁時に帰郷すると、鴨や雉をとって、鍋で煮てくれたことをおぼえていた。そんな時、鉄砲撃ちというものは、しつこく、獲物を射とめた時の話をしてきかせるものだ。話だけはうんうんきいていたが、役場の禁令が狐保護をながくつづけるために、狐の家族がふえて、山の地図がかわってきているということははじめて知った。

「狐は雉、山鳥をそれだけ仰山に喰うんか」

「ああ、いちばんのごちそうや。家族がふえれば、何でも喰わんならん。キジ、ヤマドリは木の上で眠れん習性やで、いつも木の葉にかくれて寝よる。頭かくして尻(けつ)出してのう。狐の夜歩きというのはつまりそれを見つけて喰うためや。気の毒なことに、鳥は夜さりは見えん。狐は夜行獣やでよう見える」

なるほどと思った。雉、山鳥は空はとべても、眠るのは地上であった。ぼくも去年の冬軽井沢の庭で、野積みした薪の中へ首をつっこんでならぶ雉を見たことがある。大工の話だと、そうして母子は眠るそうだ。そのため母子の羽根の色が雑木の葉に似ているというのだった。だが、父親の方は、青葉のある樹の下か、一の枝ぐらいにすくんで、地めんで眠る妻子を見張るのであった。けなげな話だが、そのため雄雉の羽根は玉虫色に光る青羽根をしていると大工はいった。

軽井沢も若狭も雉の習性はかわるまいが、若狭の雉は、天敵狐の襲撃に勝てず、村近くの山でほとんど姿を消し、狐はそのため家族もふくれあがり、兎に手をのばしはじめ、さらに兎がどこかへ逃げて山にいなくなると里へ出て、村の鶏小舎(とりごや)の鶏や、飼猫を物色しているという。

これでは狐の天国だろう。

「山ぎわの家の鶏小舎で、狐にやられん家はないほどやし、というて、野放しにしとくのも困るので、夜なかに空鉄砲を撃って脅したらどうやというてくるもんがあったで、仲間の権右衛門が十二月の末に、ドカーンと一つやったら、隣りの八郎左衛門が安眠妨害と人心騒擾やいうて、役場へどなりこみよった。それで大叱られやった。鉄砲うちは日の暮れから禁止になっとるさけ、夜さりは撃てん」

と良平はいった。なぜ、脅しの鉄砲もいけないのか、と問い直すと、

「脅しにしろ、何にしろ、鉄砲というもんは大けな音をたてるし、それに空うちにしても、弾丸は出るさけ、天に向けて撃つんや。村なかでは危ないというのが、鉄砲をもたん八郎左衛門らの理窟で、これは役場の禁猟地域制限の思想と合致しとるで、わしらの負けやった。結局脅しもあかんことになったで、狐は尚のこと増長して、里を夜さり散歩することになったんや」

「鉄砲をつかわずに、上手に生け捕ってこらしめる方法はないのかねェ」

ときくと、良平は、

「狐は人間よりかしこい。なかなか生け捕りはでけんわい」

といってわらった。そして、

「狐が羽ぶりをきかす世の中は、あんまりええ世の中とはいえんのう」

といって、この時はそれだけで電話を切った。

二、三日して、良平から手紙がきた。ひらいてみると、狐の生け捕りについて参考までに失敗談をしらせると前書きし、電話では長くなるので手紙にしたとかいていた。それによると、郵便配達夫の鍋井権四郎が、岡田の村の下ん所へさしかかると、大きな狐が一匹生垣の鼻から顔をのぞかせたそうだ。ひるすぎのことである。雪はやんでいたし陽もいくらかさしていたので、道は明るかった。鍋井は、二五〇ccの単車をとばしてきたが、雪道なので速力を落していたという。狐は鍋井を見ると、一瞬、首を垣根へひっこめたが、どういうわけか、道へとび出てきて、向いの三右衛門のガレージへ入りこんだ。鍋井は馬鹿な狐やわいと思って、すぐ単車からとび降り、よその家のガレージだが勝手がわかっていたので外から蛇腹扉をガラガラと落した。そして三右衛門の戸口へきて、

「狐が車庫へ入ったぞォ、はよ出てござんせ」

と叫んだ。三右衛門の母家では、爺さまと婆さまがコタツに入っていた。若夫婦はゲンパツへ出ているので留守だった。爺さまが出てきた。話をきいて爺さまは、どうしたら生け捕れる

かのうと思案した。郵便屋がいった。

「ガレージの内ですくんどるはずやから、わしが扉を少しあけて内へくぐりこむさけ、よこから逃げんように、あんたら筵をたてて、わしの尻を囲いなさい」

爺さまは婆さまをよんで、郵便屋のいうとおり、筵をもってきてガレージの前へきた。ガレージの扉は、発条仕掛けである。蛇腹はたたまれて軒の箱へ入りこむ仕掛けになっている。郵便屋が入るためには、扉の下に均等に穴があいてしまう。それで、爺さまと婆さまは、左右にはなれて筵をのばし、郵便屋を内へ入れる穴をつくって、そろそろと扉をあげていった。郵便屋は腹這いになって待っていたから、一尺ぐらいのスキマがあくと敏捷に入りこんで、すぐ内からぴたりと閉め落した。

「どうやおるか」と三右衛門。

「まっ暗で見えんのう」と郵便屋。

しばらく間があった。と、郵便屋の声がした。

「おるおる、隅のとうみの下にすくんどる。爺さん、入ってござんせ」

爺さまはとうみの下にいるときいて安心した。ガレージは、息子がつかう車庫ゆえ、ゲンパツへ行っているから車はない。だが、隅に、古いとうみがしまってあった。とうみというのは、精米の時に、もみがらを風でよりわける道具で、大きな羽根水車のついたものだった。その下に狐がいるのならたぶん胴体の下にちがいあるまい。扉をあければとび出るだろうから、爺さまは、婆さまにまた筵をたてよと命じ、婆さまが、そのとおりにしていると、内にいる郵便屋へ、

「さあ、扉をあけてくだんせ。うらも入る」

といった。郵便屋が心得て扉を少しずつあけた。爺さまの入れるだけのスキマが出来た。爺さまは郵便屋のやったように這いつくばって入った。婆さまが、

「お前、タバコ入れが落ちるがのう」

と爺さまの腰のどうらんが地にすれるのを見とがめたが、爺さまは、返事もせず大急ぎで入りこんだ。入ってしまうと内から扉がしまった。あとは、ふたりで、智恵を絞って、とうみの下の狐を生け捕る仕事となった。とうみのわきに、苗代でつかうこれも天敵よけのビニール布がしわくちゃになってためてあった。郵便屋は、す早くそれをひろげて、

「爺さん、わしがとうみの下へ入るさけ、このビニールの袋をのばして待っておらんせ。わしが狐をぼいまわすで、袋の口に入ったら、す早く口をひねらんせ。ほしたら、狐はビニールの袋に入ってしまうわいの」

といった。爺さまは、合点し、郵便屋がしわくちゃのビニールの袋をとりだして口をさがすのを暗がりで手つだった。ようやく口が出た。苗代のひと畝のはばもあるものである。これなら狐は入るやもしれない。入れば、長い袋だから、もうしめたものだ。そこで、爺さまは袋の口をあけ、壁に一方をへばりつかせ、一方はとうみの板にかけて、つまりは鯉のぼりの口のようにあけて待った。

「さあ、ほんなら、わしはぼいまわすでよ」

と郵便屋はいって、わきにあった棒切れで、隅にすくんでいる狐に向い、

「観念して出てこい、もう生け捕ったぞォ」

といった。狐は、隅の方へいざったが暗がりから、こっちをにらんでいた。眼玉は、ラムネ玉をふたつならべて、懐中電燈をあてたように見えたそうだ。

「こら、こら、はように出んかい」

郵便屋は棒切れで突いた。鈍い感触があった。狐の腹にさわったのである。餅をつついたような感触だったそうだ。だが、狐は左へいざり、右へいざりした。なかなか、ビニール袋の口へ入ってくれない。郵便屋は、十ぺんぐらい棒でつついた。ぐにゃぐにゃっと餅へつきさす感触だった。狐は左右へうごくだけで前へすすまぬ。業を煮やしてとうみの下へくぐりこんだ。

郵便屋は五尺七寸ある大男だった。小男ならうまく入れたろうが、大男なので、半分しか入れなかった。狐の方では、大男が入ってきたので、あわてたのだろう。

「こら、こら、早よ出てこい」

郵便屋がどなるのと同時に狐はさっと、爺さまの手をひろげてかまえているとうみと壁のあいだのビニールの袋口へとびこんだ。爺さまはうしろへさがって尻餅をついたが、す早く口をひねって、外の婆さまへ、

「さあ、捕まえた。扉をあけやんせ」

といった。婆さまは、外から蛇腹扉をあけた。爺さまも手つだった。ところが、この時であった。ビニール袋の中で、もぐもぐやっていた狐がいち早く外へ出て、袋の中でころがっていたのが、爺さまと郵便屋が見守る一瞬、しわくちゃの袋を、まるで、もぐらが地めんをかきわけてトンネルをつくるように先へ自分でのばしていったそうだ。袋はそれで、狐の走るあとを空気をはらんで風船玉になった。狐は先へ先へと走り、先端から首をだしてちょっとうしろをふり返った。小馬鹿にしたような顔だったという。ああッと声をたてるまもなく狐は庭をつっ切って山へ逃げた。

『阿呆な連中やった。これでは狐の方が勝ちやと思わんせんかのう。郵便屋の権四郎と三右衛

門の爺さまは、ビニール袋の口はひねっととったけど、それが、ただの筒で、うしろに穴のあいとったのを、知らんかった。狐の方が一枚上やった……』

良平は、手紙の最後でそういい、

『狐の横行する世の中は、人間も衰弱するものでしょうか』

と書いていた。

六十戸足らずの村なので、ぼくは郵便屋の権四郎さんもよく知っていたし、三右衛門の背のひくい爺さまも知っていた。ふたりが、折角ガレージに入りこんだ狐を捕りそこねたことに無念の思いがした。だけど、ふたりが衰弱していたとは思わなかった。よくあることだ。前の口をしめても、うしろの口があいていることはあるものである。苗代用のビニールなら、それはかなり長いもので、苗代は冬に大根畑になるから、タネをまいたあと、雀(すずめ)や、鴉(からす)の天敵を防ぐためのものだろう。畝へかぶせるのだから筒になっていたのは、どういう仕掛けだったろうか。畝のはばもあるので、平面のビニールを折って、封筒形の袋にしたのなら、郵便屋の思案はいくらか粗忽(そこつ)をまぬがれまい。それではうしろに口があくからである。いずれにしても、狐をビニールへくるんでしまえば、すぐ、そこですくんでうごかなくなるだろうと思いこんだのがまちがいだった。あわてると仕事は仕損じるものだ。

ぼくは、良平に返事を書かなかった。いずれまた電話をかけてくるだろう、その時に感想をのべようと思ったのである。手紙がついて、五日ほどした土曜日の深夜電話があった。

「ツトムさんかのう」

例の少し酔った声である。

「狐にも天敵がおることがわかって、ほっとしたでよォ」

と良平はいった。はじめ、ぼくは何のことかわからなかったので、狐の天敵とは何者か、ときいた。

「車や、くるまや」

と良平はいった。

「昨夜（よんべ）、会社の者らといっぱい呑んで、高浜から車持ちの鼻へさしかかったら、国道に大きな風呂敷包みが落ちとる。何やろと、車とめて見ると、包みやのうて狐やった。車にしかれよってのう。はらわた出して、するめみたいになってよったが、あれではもう襟巻きにもならんわいの。大きかったでたぶんあれは母親か父親にちがいなかろ。子供らがふえたで餌をやらんならんで、親は海へ出て、川ぐちの鷺（さぎ）でもねろうとったのかのう。むざんなもんやった。むかしは、めったに国道なんぞへ狐は出なんだが、狐の方も人数がふえたで、食糧に大変なんやろ。ツトムさんよ。母子家庭がひとつふえたわけや。かわいそうなのは、巣うで待っとる子供らや。お父つぁんが、仕事中に国道で車にはねられたのを知らんと、じぃーっと待っとるわけや」

ぼくには狐の巣が山のどこらあたりにあるのか見当がつかなかった。しかし、巣では家族がふえて、つまり、爺さまや婆さまのほかに子もふえて、餌とりに忙がしくなった父親狐が、危険を冒して里に出て、海岸で夜をすごす鷺をねらう話ははじめてきくことだった。国道で車の前照燈に眼くらめいたか、それとも、スピードの出た車の音にたじろぎ、逃げそびれたのだろう。けものがよく、高速道で、車のライトに眼つぶしを喰う話はきいた。

「狐も天国いうとれんやないか」

といってみたら良平は、

「まあ、欲かいて、危険な獲物へ手ェだすと、命を失なうのは、人間も同じじゃ」

といってから、

「ゲンパツでも、きょうとい所へもぐりこんで働く者はその分だけ日当もええけど、それだけまた放射能をかぶるわけやしのう」

といってわらうのだった。良平の考えでは、山に狐がはびこって、山鳥や雉を喰いつくすけしきは、人間界でもあり得るけしきだといいたいらしかった。きょうとい所というのは若狭あたりのことばで、京は遠いということからそういうのだと本に出ていた。おそろしいところ、という意味を、昔から若狭の奉公人たちは京と名ざし、おそろしく遠い所だといったのである。ぼくらの村から出る電力は、京都を中心に、関西の受益都市へ電線で送られるときいた。ゲンパツできょうといといえば、「炉心近い所で働く人は」と解してよいかもしれない。良平は、建設現場のクレーンの操車係だから、きょうとい所に関係はないはずだが、それでもそんなふうにいったのだ。このことについては、良平がどのような意図でいったかくわしくきいていない。何しろ深夜電話とはいえ長ばなしは料金もかさばるので、良平の話は、第三者には短絡めいてきこえることが多い。ぼくは、たいがい、つながって理解できる相手のひとりだと思っているが。

狐が轢かれて死んでいた車持ちの鼻は、高浜町から、ぼくらの村へさしかかる海岸道路で、ゲンパツへゆく道でもあった。国道なので、舗装もととのい、山が道をへだててすぐ断崖となり、足下は波のしぶく海である。けしきの美しい所だ。西の方には、若狭富士とよばれる青葉山がそびえ、道わきには外燈もともり、山のてっぺんには送電塔が林立している。さらにそのてっぺんには、赤い豆電燈が明滅している。夜の海ぎわ道は七色の光りのカケラが散っていたろう。狐の親は、深夜ゆえ、そんな明るい道でも大丈夫だと思って、よこ切ったのだろうか。風呂敷包みのように死んでいた姿が眼にうかんだ。

桐下駄の話

1

石見（いわみ）の国（島根県）では、谷間でわさびをつくる農家が多い。この話の舞台である日原町（にちはらちょう）では、高津川に沿うた支流でわさびをつくり、近くの津和野や益田の料理旅館へ売っている。都会人はわさびときけば、寿司屋の小皿にもられてくる草いろのねり状のものか、牛蒡根（ごぼうね）にダンダラ縞のあるわさび根を思うが、石見日原では、茎（くき）の部分と葉のところまでひと塩に漬け、茶受けに出してくれる。好きなひとは、めしの上にのせて喰う。なんともいえぬおいしさだから私など三杯ぐらいおかわりしたくなる。

さいきん、私は日原に宿泊して、谷間のわさび畑に生えている桐を調べて歩いた。わさびは谷の陽かげ地が適していて、じっとりした湿地がよろこばれているのだが、桐はその畑に植えられる。それで、じっとりした湿地がよろこばれていて、近くに谷水が流れているようなところでないと上物はとれない。効率を考えての栽培で、近在の人にきくと、他の樹木とちがって枝数が手ごろで、夏場は陽かげをつくるし、冬は葉が落ちて陽をあててくれる。わさびにはいい連れだそうだ。あまりきかぬ話なので、さらにきいてみたら、

「同じ桐でも、谷水のせせらぐ音をためて生きよるのが琴の腹に、そのつぎはタンスに、ねじ

くれたのが下駄ときまったもんで……」

とその人はいった。これだけではわかりにくいだろうから、少し立ち入ってみると、わさび畑の谷はだいたいにおいて空がせまいので、桐は陽を求めてまっすぐ伸びる。また、近くの水の音をきいて育つから、その音をためこんで成木となる。それを広島の琴づくり職人は知っていて、わさび畑の桐が大きくなるのを待ちかねるようにして買いにくるそうだ。空のせまい谷では、よこへ枝を張らない。まっすぐ伸びるというのは道理だが、フシのない桐材が、長板を要求する琴に向くとは初耳なので、さらにきいてみると、「どんな木でも、風の音や水の音をきいて育つから、竹は竹の音、桐は桐の音を出しますよ。音の出んようなもんは、タンスか下駄になりますわ」

三段階にわかれて仲買人が値踏みしてゆく桐買い話はおもしろかった。その人によると、同じわさび畑でも谷かげでねじくれ育ったのは、下駄にしかならないそうだ。桐を人間にかまかけて語りきかせるこの人は、日原の相撲ヶ原の下駄職人で、木谷宇助さんといい、ことし七十六歳。ずうーっと、村で下駄をつくってきた。

相撲ヶ原というのは、日原から車で中国山脈の奥へ一時間ほど入りこんだ小さな部落である。むかしは五十戸ぐらいあったが、年々家が減って、いま十七戸しかない、過疎の見本のような辺境である。何でも、大昔に、出雲の神様がこの山奥の村へ通りかかって、あまりに長道中だったため退屈して、随侍の神様に相撲をとらせてあそんだという言いつたえから、こんな名前になったそうだ。宇助爺さんは、すもうと読まずに、すもとみじかく読み、

「すもが好きな神様じゃったとみえて、山のてっぺんに負け神と勝ち神が祠られとったいうことですワ、もうそんな社も無うなって……、そういえば寺も無うなりましたな」

と淋しそうな顔をした。十七戸きりになると、葬式でさえ歩いて一時間もかかる須川の寺へたのみにゆくそうだ。もちろん、この相撲ヶ原にもわさび畑はあって、おだやかな山に囲まれた盆地に水田が光り、小谷は菊の葉のようにいくつもえぐれて、わさび畑には陽被い棚があった。いまは桐が少なくなったので、黒ビニールの布を竹棚にかぶせて陽をさけるか、杉を植えている、と宇助さんは桐の亡びをなげいた。

「なんしろ都会は邦楽ブームというて、娘さんらが嫁入り道具にピアノに負けんほど琴をもってゆくらしですな。ほれやで、広島の琴材屋さんらは若桐でも買うてゆきますわ」

そのあとで、

「まあ、下駄になる桐ぐらいは、山にいくらもねじくれてありますよってに、わしらがつくる分はどうやら間におうておりますけどな」

私には、宇助爺さんがねじくれ桐で間にあう桐下駄で喰っているのがうつくしくもあり、なつかしく思えた。

2

私の母方の叔父で、下駄職人で通した鉱太郎という、母とは腹ちがいの弟がいた。この人は小さい頃、京都で下駄職をおぼえ、三十代で若狭(わかさ)へ帰って、村しもに店を張って、下駄をつくって売ったが、やはり近在で桐を買い、店のうらの空地で製材し、厚板にして、荒木どりもした。荒木どりというのは、下駄の寸法にあらかた型どることをいう。私は、よくこの叔父が、桐材を挽くのに、竹でふた股にした背高い支えに立てかけ、カマボコ型のノコギリをつかうのがおもしろくて見物した。

先ず叔父は、買ってきた桐を、空地に寝かせて干し、皮の上からたたいて、乾燥のぐあいをはかり、おもむろにノコギリで挽いてゆくのであるが、フシのところへくると、舌打ちして「くそねじくれめが」といいながら、くさびをかませた。電気ノコギリのない時代なので、枝を挽く仕事は、気の長い労働だった。力が足りないと、ノコギリが桐に喰いついてうごかない。

それで、挽けた上方にくさびをかませて、挽きよくするのであった。しかし、それでも、フシのあるところへさしかかると、叔父は一服せねばならず、このねじくれめがと舌打ちした。枝が太ければ、幹にフシが生じるのは子供の私にもわかっていたが、叔父の舌打ちには、もうひとつの意味があるように思えた。というのは、同じ下駄にするにしても、柾目が通っているのが上品とされるため、フシくれはいい下駄にならない。足に履いてしまうもののことゆえ、目の通る通らぬなど、かかわりがないともいえようが、商品となると客の眼も大事だったのだろう。母など、よくこの叔父を手つだって、トクサで下駄の甲をみがきながら、

「ええ下駄や、柾目がまっすぐで」

と見惚れるように手で撫でていたことがある。つまり、叔父は、桐を挽きながら、すでに下駄にうまれかわる姿を想像でき、フシがあれば、それだけ、駄物をつくらねばならぬ結果を口惜しがったのだと思う。


この叔父は、母の父親が道楽をしつくし、身代を売って、私たちの生家のある村に近い舞鶴市で同棲していた射的場の女との間にうまれていた。母からきいたことによると、その射的場の女が早逝したので、母の父は、ふたりの子をつれて村へ帰り、母の母に養育させた。兄が鉱太郎、弟が千太郎、六歳と四歳の時だったそうな。このふたりのことは、私は嘗て、べつの作

品にも登場させたことがあるので、ここではふれるのをさしひかえるが、とにかく、この鉱太郎叔父が、山で買ってきた桐を、ていねいに荒木どりして、フシがくると、このねじくれめがと舌打ちしたことを思いだしたのである。弟の千太郎叔父は私の五年生頃に死んでいるから、鉱太郎叔父が村しもで店を張った三十すぎの頃は私はまだ尋常科にいたろう。

「母も叔父も下駄づくりをしていたもんですから」

と私は石見相撲ヶ原の宇助爺さんにいってみた。

「桐材には子供じぶんから馴染んできたんですが、わさび畑で連れに栽培された桐の上物が琴になり、中物がタンスになり、下物が下駄になったなど知りませんでした」

「下物とわしはいいましたかなァ」

とこの時宇助爺さんは不服そうにいった。

「ねじくれ桐は、フシが多うて、下物にはちがいありませんがしかし、下駄になれば、これも上等ですよ。松や、杉の下駄なんぞにくらべたら、かるうて、ええ音もでますしな」

私は宇助爺さんのしわばんだ眼が、やわらかくなごむのに魅かれた。

相撲ヶ原の村は、山の切通しをぬけて盆地にさしかかる道わきの、斜面だった。十七戸の家は段々に混んでいたが、宇助爺さんの家は、通学バスの停留所わきにある。停留所といっても、むかしそこに寺があったが、住職がいなくなったため、屋根をふきかえて公民館にし、その高台下である。爺さんの店は、掲示板小屋とならび、登下校の子供らの、下駄を鳴らす音がきこえるという。昔のはなしだが、寺のあったころは和尚の下駄の音で葬式の先がわかったそうだ。だがすでに荒木どりした下駄の甲が干してなければ、下駄づくりの家とは思えない。ふつうの農家に思えた。私は、仕事場へ入りこんで、爺さんが、トクサで下駄をみがきながら、桐のことや、わさびのことについて話してくれるのに聞き入ったのである。

「町を知っとるのは蓮昌寺の和尚かわしぐらいでほかの者は、村から一歩も出んで、神さまが相撲しよった時分から、ずうーっとここに住んでくらしとるですよ」

と宇助爺さんはわらって、三次（みよし）の町の下駄屋に奉公した日々のこともはなしてくれた。三次というのは日本海へそそぐ江川（ごうがわ）の上流で、広島県北の町である。そんなところへ、十五の時に奉公し、徴兵がきて、満州と中支で軍役をつとめ、敗戦で復員してくると、下関の缶詰工場でしばらく働いたが、父親が死んで、病身の母親がひとりこの相撲ヶ原に残ったのを見捨てるわけにゆかず、下関でもらった妻を説き伏せてわさび畑に桐を植えて、ふたたび下駄づくりにもどって三十年以上になる、と宇助爺さんは語ってくれた。一男二女の子らもいまは益田と浜田へ出て、世帯をもち、それぞれに孫が生れ、あわせて七人いる。ところが孫たちは村へよりつかぬようになったという。

「嬶ァとふたりの口すぎなら、谷の桐が喰わしてくれますけどね。ちかごろは、その下駄も、売れゆきがわるうて、日原のマーケットへ卸しても、月に二十足がやっとで」

と小造りな顔をゆがめてわらうのであった。そして、爺さんは、東京に住む私が、なぜにこんな石見の山奥にまできて、わざわざ自分のようなわさびつくりする下駄職人の家をたずねてきたかと、不審がった。当然、そのことでは、私もいいかげんのことはいえず、じつは、このところ、七、八年来、石見地方の山間地を歩いて、下駄をつくる人、桐をあつかう人をたずねているのは、妙好人浅原才市のことを調べたいためだとうちあけたのだった。妙好人とは、浄土真宗派の篤心の信仰者のことで、日ごろは農業や山仕事に従いながら、無欲清貧の生活を尊び、どんなに苦しい境遇に出あっても、それを他人のせいにせず、己れのせいとふりかえって、平穏に日をおくる人々のことである。私の調べている浅原才市は、同じ石見でも、北の方の温泉津という温泉町にくらした明治から大正にかけての下駄職人である。文盲であったにかかわらず、日がな下駄をけずって生じるカンナ屑に、口あいを書きしるして、おぼえ書きとし、人のすすめで小学生の雑記帖に書きうつした。それが、当時、鎌倉に住んでいた禅学者鈴木大拙氏の眼にとまって、数多い詩文が世に出ることになった。いわゆる「浅原才市口あい集」といわれるものである。

唄えるも　あみだぶつ
稼業するも　あみだぶつ
ままをたべるのも　あみだぶつ
みちをあるくのも　あみだぶつ
世界のものは　みなあみだぶつ
ことごとく　あみだぶつのもの
さいちもあみだぶつのもの
あみだぶつもさいちのもの
何もかも　海も潮も皆ひとつ
ご恩うれしや
なむあみだぶつ

口あいというのは、石見あたりでいう、口をついて出る日常の思いとでもいっていいだろうか。即興の詩歌である。こんなのがある。

死んでまいるじゃない
死ぬまで　あくを作って
死なずにまいる　親の里
なむあみだぶつ　なむあみだぶつ

他力信仰の権化であった。下駄つくる日常が浄土だった才市は朝な夕な己れを悪人と思いつづけた。嘉永三年生れ、昭和十三年に八十七歳で、温泉津で亡くなった。宇助爺さんにくらべたら、同じ下駄屋でもずっと先輩にあたろうが、同じ石見で、桐を買い、下駄をつくって、貧しいことにかわりはないだろう。

「そんな妙好人さんのことをしらべて何になさるんだね」

と宇助爺さんはきく。私の調べているのは、小学校もろくにゆかなかった才市さんが、なぜに、あのような口あいをこぼし、それが、どうして他力宗の高僧の境地と見あう境涯になったのか。それにつきた。字をならわぬ人が、親鸞聖人（しんらんしょうにん）や蓮如（れんにょ）聖人が、苦しんで、創造した真宗の教学を、たとえば、「教行信証」や「歎異抄」や、といったような文章もよまずに高い境地に到れたのである。どうして、三千以上もあるうつくしい詩文が生れたのだろう。

眼をなごめて、下駄の甲を撫でている宇助爺さんに、私はそんなことをつきつめて問うてみるのは控えつつ、いってみたのだ。

「私の叔父は、不幸な人で、早く死にましたが、桐を下駄に挽いているとき、フシがくると、このねじくれもの、というて舌打ちしていましたが」

宇助爺さんはちょっと眼を光らせ、

「そら、ねじれた桐でも、下駄にしてやらんと、かわいそうで、ただの焚きものやでなァ」

という。

3

鉱太郎叔父が死んだのは、私の二十一歳の時で、ちょうど、私が徴兵で帰郷した冬の二月だった。その頃鉱太郎叔父は村しもの店をたたんで、隣村の農家へ養子にゆき、家つき娘である細君に田圃はまかせ、自分は街道に店を張って、自転車屋と下駄屋をやっていた。よく働いて金をため、自転車ではノーリツ号の特売店もし、保険会社の契約出張店もやっていた。だが、気の毒なことに、四十八歳になったその年の正月ごろから結核性の瘍(かさ)がやどって、寝たきりになり、店の奥の六畳で不本意な生活に入っていた。死ぬ二月の三ヶ月前にあたる年末のことだった。私に売りかけ金の請求書を書いてくれ、と使いをよこした。私は、駄賃ほしさももちろんだが、叔父が、小学校へもろくにゆかず、丁稚(でっち)奉公した少年時も知っていたし、字を書くことは苦手なのだろうと思い、久しぶりに逢いたい思いもあって、自転車で、二時間もかかる山奥の隣村へ出かけていった。

叔父は六畳の床の間の方をまくらに寝ていた。ふとんはくさかった。瘍の膿(うみ)が出るので、しょっちゅう脱脂綿で傷口をふきとらねばならない。それは細君がやっていたけれど、瘍は腰に出来たので、ヤグラ炬燵(こたつ)に竹枠をのせ、丈高くしているので、鉱太郎叔父の軀は、小さく見えた。顔も青く、痩せほそっていた。村を出る時、母も、叔父の病気は不治のもので、おそらく快癒(かいゆ)はのぞめないだろうと、遠まわしに死期の近づいていることを教え、叔父の言いつける仕事はいやでもつとめてくるようにと念を押した。叔父は私を見るとにっこりして、

「ようきてくれた。わしが字がかけんさけ帳面つけがだらしないねや。そこらじゅうのカンナ屑に書いて箱に入れたままでのう……それをうつしとってほしいねや」

という。細君もわきから私が雪道を自転車できたことをねぎらいながら、
「何やかや、畑仕事もいそがしいうえに、うらも字ィがにがてで、放ったらかしにしてありますねや、よろしゅうたのんます」
といって、店の棚から、自転車の部品でも入っていたらしく油くさいダンボールの箱をもってきた。あけてみるとカンナ屑がいっぱいつまっている。細君がそれをつまんでみせた。手のひらほどの切れに、竹筆を壺墨につけて書いたらしい鉱太郎叔父の字で、
フクタン、カザ、ハイレ　五セン　十月二日
とか、
シカノ、トウザ、ハナヲスゲ　六セン　九月三日
と走り書きしてある。それは誰がみても考え考え書いた字とうけとれる、稚拙きわまりないものであった。びっくりした。下駄の甲をカンナでけずった時、捨てないでメモ帳につかったものだ。下駄の形をしたのもあり、鼻緒の先穴とおぼしい穴があいていたりもした。が、どれも、桐の目がうつくしく渦になったり、まがったりしている。私が、束をといて、それらを見ていると、
「つとむよ。わしの字がよめるか」

と叔父は、元気のない声できいた。

「よめるよ」

と私はこたえた。

「カンナ屑が帳面やと、すぐその場で書けたさけなァ」

と叔父は力なくいってわらった。すぐに書けたという意味は、わざわざ帳面をだして書かなくても、それでけっこう足りた。仕事の手を休めないで売りかけを失することもなくてすんだというようにうけとれたので、

「ほんまに、おっつぁんらしわ」

と私がいうと
「あいつケチやといいよるが、ケチなもんかいね。算術帳よりはええで」

と叔父は細君の方を見た。金歯が何本も光る奥歯のあたりの黒いほら穴が、かなしくのぞいた。

これだけの話だ。叔父が フクタン、カザ、ハイレ 五セン と書いていたのは、福谷村、嘉左エ門、歯入れ修繕代、五銭のメモである。シカノ、トウザ、ハナヲスゲ、六セン とあったのは鹿野村、藤左エ門、鼻緒すげ替え代、六銭というメモだ。それらのカンナ屑をすかして

みたら、渦模様のあいだは卵いろにすけて、この時叔父ののばしていた静脈のういた手の肌より淡かった。

私は石見の相撲ヶ原の宇助爺さんのところに二時間ばかりいたろうか。帰りしなに、爺さんの方から浅原才市の話をもちかえしてきたので、才市が、下駄のカンナ屑に書いた詩文はえらい坊さまの経文のように高い気分のものであったというと、宇助爺さんは、

「そら、カンナ屑にかけば、ええ文句もでますやろ。わしらは、屑をしごいていて、わさび畑の水音がきこえるような気がしますさかいな」

といった。そうしてはにかんだ顔で、

「字ィは上手に書けませんけど何ぞのおぼえ書きにはよう屑はつかいます。わしだけによめる字ィで」

ともいった。

相撲ヶ原を去る時、殆ど夕暮れに近かった。私は、谷のわさび畑へ出ている宇助爺さんのつれあいであるさわさんが、いつかは帰ってこようと心待ちしていたのだが、日がかげりかけてももどってこないので、宇助爺さんがとめるのをことわって辞去した。宇助爺さんは、私と、

私を案内してきた日原町の社会教育課の土方さんに、履きにくい代物だが庭そうじの時くらいに履いてくれ、といって、桐の書生下駄をくれた。歯の厚ぼったいもので、新聞紙に包んでくれたのだった。私たちは、ありがたく頂戴して、待たせてあった車で帰ってきたが、暮れなずむ相撲ヶ原は、まわりの山のわさび畑から、紫色にかげってきて、山のいただきにだけ、残照が映えていた。十七戸の家々の三角型のツシ窓から、煙ののぼる家が二、三戸見られた。宇助爺さんの家では、さわさんを待つ宇助さんが、仕事場に灯をともしたらしい、その明りが、迫る暮れの色に、かぼそくゆらめいてみえたのは、私たちの車が石ころ坂にきてゆれたせいでなく、寸刻もうごいている暮色のせいだった。

座席で土方さんと新聞紙をひろげ、宇助さんの下駄を撫でた。左右どう眺めても、いびつにみえるその下駄は、ねじくれた年輪の目が綾のようで、左右一幅(いっぷく)の図柄である。さぞかし、カンナ屑も越前和紙の雲ながしのように、透けていたろうと思えた。

私たちは、その下駄を新聞に包みなおして、一時間半はかかる石見日原への山かいをもどっていった。

海の洞

男の耳の裏は、肉を削いだようにくぼんでいた。頭はゴマ塩ざんぎりで、うすい耳朶が椎茸みたいにひろがっている。これは父のものではなかった。だが、声は似ていて、時々、鼻をうごかして吐息をつく時耳朶がぴくりとうごくのもそっくりだった。肩肉の張り具合も、いくらか鳩胸なのも父であった。男は私の方をふりむいたことがなかった。その男からわずか三歩ぐらいはなれて私は歩いている。

洞穴に入ってから、すぐ暗くなったので、男の背中が、うしろからの明りで左右にうごくのを見すえながら、私は歩いていた。ゆく手が急に広がって、天井も高くなり、壁面の岩石群のすきまから落ちてくる水滴がふえてきたので、恐怖がつのった。

「今日こそはあっちへ渡らんならんな」

男は心もち背をまるめていった。

「あっちへゆけばしめたもんや」

あっちというのは、男が私をつれてゆきたい先にちがいないのだが、私にはそこがどこなのかわかっていない。私はただもう、前方に現れてくる洞窟の光景に脅えているのだが、ややもすると、おくれ勝ちになる足を、必死に前へ前へ出すのに精一杯だった。以前に来た時にも、洞の入口であともどりしようとしたら、男がよこ顔を半分だけ見せて、

「もどればあぶあぶやぞ」

といった。あぶあぶというのは、若狭(わかさ)ことばで、溺れるという意だった。そんなことばをつかうのだから、やっぱり父かもしれなかった。威圧しかたも似ていた。しかし、父はもう十三年前に死んでいるのだし、死んだ年は八十四歳なのだった。眼前の男はそんな年まわりではなかった。六十五、六だろうか。私よりは三つ四つ上の感じで、父よりはいくらか瘦せて、骨ばった顎を時々見せる。その顎に有無をいわせぬ威圧感がみなぎるのである。

洞に入ってくる前に、私は男と海の岸にいた。そこは陸上にちがいなくてうす陽がさしていた。空には渡り鳥が黒い帯をなげたように飛んでいた気がする。若狭の生家に近い釈迦浜のようなところだった。いくつもの岩が海に落ちこんでいた。釈迦浜は地蔵だとか、弁天だとか、不動だとか、夜叉(やしゃ)だとか、般若(はんにゃ)だとか名前のついた奇々怪々の形相の岩が波に洗われている。岩と岩のあいまにいくつもの淵が出来て、淵の奥は洞だった。その洞の一つへ私たちは入ったのである。

男がいつ、どこから現れて、私をその洞へ誘ったのか思いだせない。何ども誘われてきているのだが不思議なことだ。気づいた時は、もう私は男の云いなりになっていて、潮くさい洞の前の偏平な岩場に、私の靴をぬいでそろえ、男もそうして、私を洞の中へつれ込んでゆくのだった。ずぶずぶと水の中へ軀を入れる時は冷たかったが、頭までつかってしまうと、もう冷気はなくなって、心地よいといえばうそになるが、水には適当な温気が出ていた気がする。最初は青い水だった。底へ足がつくころになって黒味がまして、前方は青、黒の層が出来て、こっちへ向って、うねるように流れてくる。淵の底というものは、苔が生えていることもめずらしかった。苔は毛ぶかいところは裸足をつつむぐらいある。足裏ににぶい感触があって歩くのに力がいった。この水の中でも、男はしゃべった。

「もうすぐ朝鮮のもんが流れてくるぞ」

私は水がこっちへ流れてくるのに逆らいながら歩いているのだが、顔や手に当るものに気づいている。それは、近くへきてわかるのだが、木片のようなものだったり、布切れだったりした。木片は板で、字が書かれてあった。それが位牌(いはい)だとわかるのに時間はとらなかった。布切れにも墨字があって、南無阿弥陀仏(なむあみだぶつ)とよめたり、南無とだけだったりした。布は少しながいので、見馴れたものの比喩(ひゆ)をつかえばよごれた父の褌(ふんどし)がゆれてくるような、ぐあいだった。

男のいったとおり、朝鮮のものが流れてくる。朱色の膳だった。いわゆる箱膳だろう。一方だけへりが欠けている。つづいて箸。つづいて、茶盆のような丸形のもの。いずれも金銀で竜の彫りものが光って流れてくる。

「こんなとこにたまりよるんやでェ」

と男はいった。こんな洞穴の奥に朝鮮から流れついた道具類が集まっている、と男は説明するのだった。私は半信半疑の気持をもてあましつつ、水の中を歩いてゆくのだが、べつに酸素ボンベを背負っているわけでもないのに、息をしているのは不思議なことだった。顔のまわりを時どき水泡があがってくる。私の衣服のふくらみにのこっていた空気が浮上してくるのにちがいなかった。私は少しも苦しくなかった。ただ脅えのようなものがあって、あとしざりしたいのだが、そんなことをすれば、男にとっちめられる。とっちめられることの恐怖の方がつよいのだった。ひきずられるようについてゆく。入ってしまったのだから、男のゆく先へ私も行かねばならぬ、という気持にいくらかなってきているのである。

髪の毛がさわった時はぞっとした。女の髪だった。長い髪はもつれるようにゆれてきて私の鼻先にあたった。ぬめったように頬にまといついてから肩にまぶれてうしろへ去った。そのあと、白い顔の女が口だけあけてきた。のっぺらぼうなので、造りはわからぬが、色白な上に肉づきのいい顔だった。

「来た、来た、ぎょうさんくるぞ」

男は、ちょっと、うれしげな物言いで、私をふりかえらずにいった。私が尾いてくるものときめていて、女の裸がつづいて流れてくるのも見物の価値があるといわぬげな背中だった。しゃれこうべが三つと、のっぺらぼうの女が二人きた。女は乳房と臍(へそ)と胴のくびれと陰毛の目立つ前身を水に浮かせ、仰向いていた。目鼻はやっぱりないので相はわからぬ。口だけあけて、何かいっているが、水音がごおーっと遠鳴りのように襲ってくるのではっきりしなかった。しゃれこうべは男女どっちかわからぬが、女体の足にまぶれるようにして私の前にきて、私の鼻先に当り、やがて、わきで渦をえがいて三べんほど廻ってうしろへ流れてゆくのだった。女がわらった気がしたのは、しゃれこうべがうしろの岩角に当った音とまちがえたのかもしれない。と、また、そのつぎに、しゃれこうべが二つきた。

　しゃれこうべというものは、いくつもつづいてくるとこっけいに見えた。以前に来た時にはそう思わなかったが、一つだけころがっているのを見るのはちょっと気味わるい代物も、行列してくると、それはそれで一つのけしきに見えた。また死んでいる骸(むくろ)が生きていて、ぺちゃくちゃしゃべりながら通りすぎていくのも自然な気がするのだった。歯が鼻よりも長く、眼が口よりも大きくくぼんでいるのもどこか愛嬌に見えた。しゃれこうべの会話の内容はわからないが、水音に和して、伴奏のようにしゃべるのは、そう気にならなかった。だが、つづいてくるしゃれこうべの誰もが、どうしてこうも早口でしゃべるのだろう、不思議な気がしたが、都合、

十二、三体のしゃれこうべが、何やかやはなしあってゆきすぎたあと、何もなくなってしまった時は、ちょっと淋しさが襲った。

「きょうは大勢おったのう」

と父に似た男は、いくらかやわらかい物言いでいうのだった。

「あいつらは、しゃないヤツや」

しゃれこうべが無駄口をたたいてすぎたのに男が舌打ちした理由も、私におぼろげにわかるのだった。死んだのだから、だまっていてほしいという気持は誰にだってあるだろう。私にもある。しゃれこうべはやっぱり、連れになってきてもだまっていてくれた方がしゃれこうべらしい。

「見たか、Yもおったやろ」

男は私の友人の名をいった。まさか、と思った。Yはまだ死んでいないし、よく東京でも会っている。このあいだは、パーティの帰りに銀座へいっていっしょにはしごしていた。だが、Yの痩せた足のながいところは、さっき見た一体のしゃれこうべが生意気にも、膝をたてて、上半身を背泳ぎのような形でゆったり、しゃべりながらながれていったのと似ていた気もする。

「あっちへ行って道をまちがえたら、あないになるさ」

と男はいった。あっちというのは、男の目ざすところらしいが、そっちに、道をまちがえかねない二股道でもあるらしかった。男が私を監視しながらつれてゆくのだが、じつはその二股道にきた時に、私に道をまちがえてもらっては困るとの配慮が働いている気配が濃いのだった。私は、しょっちゅうそういう過ちばかり犯してきた。かりに二つ道の岐れへきて、こっちへゆけば不幸になり、あっちへゆけば幸福になるというような道標が示されていたら不幸の方をえらぶくせがあった。そっちへゆけば損だとわかっても、足の方がそっちへいってしまうのである。不幸とか幸福とか大げさなことでなくて、こっちへゆくと、うまいものがあり、そっちへゆくとまずいものを喰わされると標されていたとしても、私の足はまずい方へゆくのだった。まずいものを喰わされるのは誰もと同じようにいやだけれども、まずい方へ廻って、それに耐えながら喰っている快感みたいなものが私にはあるのだった。損を見てもいいのだった。不幸の道をえらんでもそれはそれで道だから歩いてゆくしかない。だが、そんな暢気なことはいっておれないのだった。男は道をまちがえたら、お前もしゃれこうべだぞ、と脅しているのだから。しゃれこうべになるのだけは、私もいやだという思いは、いまもある。洞から出てこれてからもそう思っているのだから、洞の中にいた時は当然だった。必死にいつものくせで道をまちがえてはならないぞ、まちがえたら、とりかえしがつかぬぞ、と男にしがみつくように歩いていった。

第二の洞にさしかかった頃から、水がなくなっていた。洞の底はしだいに高みになってきて、私たちは空気のあるところへ出ていたが、そのかわりに、異様な壁面と天井の廊下みたいなしめった闇の道がながくつづくのだった。

天井は巨大な動物の腸のひだみたいに、よこ縞だった。黒と茶と、渋い鉄色のびろうど布をはりつけた地下道といってもいい、いくらか角がまるくなったカマボコ型の壁面は、みな岩肌で、いくつもの柱に見える。それらのスキマから、水がごぼごぼと出ていて、歩いてゆく道はそのためにぬれて、男と私の歩く音がぴたぴた天井にひびいた。

「息苦しかったが、ここへ来てほっとしたな」

男はいった。男も水の中を歩いた時は苦しかったらしい。苦しかったのに、あんなにしゃべったのも不思議だが、しかし、私は、男が何かいってくれることで救われていた。黒い天井と壁面の前方は、うねるような洞の道で、遠くから音がしてくる。それがまた、私の耳に得もいえぬ恐怖をそそるのだった。

「地獄から火ィとりにきよるわい」

男がいった。あッと私は声をたてそうになって男の背中をにらんだ。父がよくいったことばだった。父はしょっちゅうカンナを研いだり、ノコギリを目たてしたりしていたが、仕事場に火を欠かしたことはなかった。そして肝心の仕事は放ったらかしてあそびにくる連中と、何やかや話してばかりいた。おそろしいことがくる、という表現には必らず使った。地獄から火を取りにくるのは鬼だろう。鬼の正体は私にもわからなかったが、得体のしれないものが、地上へやってきて、私たちの大事にしているものをひったくって去るけしきは、やはり恐ろしいのだった。私は子供のころから地獄は地下にあって、洞穴のように暗くて、遠くで火が燃えているような所にちがいないと思ったものだ。

しばらくゆくと、男は立ちどまった。さて困ったぞ、という戸惑いを肩にあらわしたが、頑固に私の方は見なかった。

「しゃないな。ゆくしか……けど、いやなとこへ来たな」

と吐息を一つした。よく見ると前方のけしきは変ってきていた。たしかに、いやな気がした。奇怪な巨木が死んで立っている、ともいえるが、しかし、木はふつうの木でなくて、どれにもコブがあり、コブには荒い毛が生えていた。毛は肌にまぶれて、ぬれているのもあった。毛ばかりではなく、得体のしれぬ宿り木を全身につけて、ウミをたらしたように泣いている巨木もあるのだが、それらは、もちろん石のようなのだった。化石についてくわしくないけれど、木が千年も生きて、大きな森が一時に死に、木たちがその場で石になったようなものとも思えた。

コブは黒々として、肌は象の皺目で、時々、こっちの視線をうごかすと、無数の巨木は得体のしれぬけものの化相かと思えてくる。いやなけしきにちがいないが、しかし、ここまで来たのだから、あともどりすることも出来ないという気持が私の方にも生じている。それにしても、男の足がひるみだしたのは少し心もとない気分にさせる。

だが男は歩きだした。私ははじめてこっちから口をきいてみた。水の中でなかったから云えたのである。

「道をまちがえたんですか、もどったらどうですか」

「…………」

男は返事しない。こましゃくれたことをぬかす、といった肩に思えた。

「あっちへゆくには、やっぱりここを通らないけんのでしょう」

「…………」

そんなことはわかっている、といわぬげの肩を男はした。

「音がしますね」

「うん」

男はつぶやいて、やはり歩速はゆるめなかった。巨木の化石は、全身から汁をたらしているのもあったし、ひからびたようにかわいて肌に何本もの亀裂を見せているのもあった。もちろん、葉も枝もない、本幹だけがコブの重みに耐えながら立っているのだが、どうして、こんなにコブを背負った木は泣くのだろう。そうして、コブにだけ宿り木や毛がはえ、幹はつるつるしているのか。

しばらくゆくと、木が泣いていると思ったのは錯覚で、じつは、前方に大きな川が流れているのだった。川の流れる音が、巨木の廊下につたわって、木が泣いているように耳へとどいていたのだった。

巨木と巨木のあいだに川の水面が見えてきて、やがて、音も高くなった。男と私は岸にきていた。何とその川の流れの恐ろしいけしきだったことか。いま、私は、そのけしきを、そのまま ここに書きあらわす力はない。眼に見えた通りを書いてみる。

こっちの眼線より高みに川は流れてくる。遠い向うに銀いろの空があって、水はその明りをうけて錫(すず)をとかしたように流れてくるが、川ははばはテニスコートの倍ぐらいあって、私の顔に向って押しよせてくる。水面のシワはたてにゆらいでいるが、暗い洞の中での流れなので、荒れた流れであるようでも、どこか行儀正しい流れで、私の顔と軀だけをよけて下へながれてゆくのである。そうして、だんだん、眼がなれてくると、いままで天井だと思っていた頭上は、じつは天井ではなくなってきて、もう一本の川が頭上を流れていて、それが、高速道路のインターチェンジの合流点みたいに、私の立っている地点からわずかの距離で合流してゆくのだった。それは近くにあるのではなく、遠くで合流するのだが、位置が私の眼下にあるのだった。前方から一本が流れてきて、頭上からきたのと、合わさって、私の足の下をくぐって消え、遠くで合流しているといっていい。

「やっぱり、あかなんだ……これではいけん」

男は断念したようにつぶやくと、私の方をはじめてみた。のっぺらぼうだった。やっぱりと私は思った。と同時に恐怖が走って、大声で泣き叫んでいた気がする。川は流れをやめず、私と男のいる所に向って押しよせ、頭の上からも同じような流れが音をたてていつまでもつづいた。

私は泣いた。男はのっぺらぼうの灰いろの顔を私へ向けて、黒い口をあけ、ひっかえそう、道をまちがえた、と何どもいった。

「畜生ッ、こんなつもりやなかった……あっちへゆけたはずなのに」

のっぺらぼうの男の歎く声が、私をいっそう孤独にして、私は泣いていた。

洞から帰ってきてから、私はいろいろ父が生きていた頃のことを思いだした。本郷製材所で働いていた頃、私を海へつれだして、舟にのせてくれた一日のことも思いだした。その日は「お陽さま参り」といった日で、どこの家の子らも、親につれられて、近在の寺や神社へ詣でる日だった。弁当をもってゆくのだった。私は父がその朝、兄弟のうち私だけをつれて、製材所へゆくと母にいっているのをきいた。

「弁当をつくってやれ」

と父はいっていた。母は父と私のを二つつくって父にもたせた。「お陽さま参り」というのは、どういう日だったか今もはっきりしない。五月の半ば頃だった気がするから、苗が植わって、いよいよ太陽が欲しくなった稲の稔りのために、休養をかねて、神社か寺へ祈りに出かけたのかもしれないと思う。父は大工だったから、農家ではない。しかし、母は小作していたから、「お陽さま参り」は父が仕事場でつとめたものかもしれない。つまり、私たちはその日、ふたりきりで「お陽さま参り」をしたのだった。

製材所は浜にあって、トタンをふいたひろい屋根の下に貯木がいっぱいころがっていた。その木の端のところまで海はきていて、波頭は塩をふりかけたようにのび、何本かの木はぬれていた。空は晴れて明るかった。父は私に浜であそんでおれといって、自分は、道具箱をだして仕事をはじめた。屋根の下で、四角く切られてある材木に、溝を切ったり、穴をあけたりする仕事だった。父は、肩肉のもりあがった赤銅色の上半身に汗の玉をみなぎらせて、仕事に余念がなかった。

私は磯に出て貝をひろったり、波に足をつけてあそんだ。小魚がいっぱい水の中を泳いでいた。私は小魚を追いかけて走った。砂の上に私の足跡がついた。波はすぐその跡を消した。と、私の足うらに何かうごくものがあった。びっくりして、あとしざりした。得体のしれぬ長い魚だった。私は生きた魚を踏んでいたのだった。あとしざりすると、魚は頭をもたげて、よたよたとうごき、波がくるとうまくそれにのって消えていった。私は魚の寝ているのを踏んだのだと思った。

昼食時がきて、私は父と弁当を喰った。

「魚が寝とった」

私はいった。

「寝とったのを知らんで踏んだ」

父はわらって大口でめしを頬張った。私が京都の寺の小僧へゆく前だから、七つか八つの頃だった。私は父の三十四の時の子だから、父はもう四十一、二歳だった。働き盛りだった。舟にのったのは、その弁当を喰ったあとだが、父は、貯木場の主人の持ち舟であるキス釣り用の和舟を勝手にだしたのだった。古いその舟は、私と父がのるといっぱいになるぐらい、何やかや荷が入っていた。父は貯木の一本にくくりつけてあったとも綱をほどいて、櫓をこぎはじめた。父の肩はもりあがり、二の腕に肉の山があった。櫓はぎいぎいと音をたてて、父が器用に左右へうごかすにつれて、魚が腹を表にしたり、裏にしたりして青海の中でゆれた。

磯から五十メートルほどゆくと、深くなっていった。海の色は青黒くなって、とろりとぬめりをもったように重たいうごきに変るのだった。私は、そのうねりを眺めていて、だんだん恐ろしくなって舟べりにしがみついた。

「お父、もどろ、もどろ」

と私はいった。父の素人っぽい櫓のこぎ方が私に心もとなかったのかもしれない。あるいは、子供だけに感じられる、恐れのようなものが走って、私は父がこのまま、私をのせて沖へ出ると帰れないのではないか、という思いにかられたのかもしれなかった。

「よっしゃ、もどるか」

と父は私の泣き顔を見て、舟をもとへもどしはじめた。なかなか、うまく、まわらなかった。

だが、ようやく向きがかわって、磯へ舳（へさき）が向った時はほっとした。波は私たちの舟べりへ、ぺたぺたと音をたて、藻のいっぱい浮いた海が眼の下にひろがっていった。海の底は、森のような気がした。木がいっぱい生えていた。葉のない木もあった。枝の折れた幹だけの太いのもあった。谷もある気がした。木は白く、谷は暗かった。そうして、谷へ向う細い道を背のひくい白い人が列をつくって歩いているのだった。魚ではなかった。生きものはみな歩いていた。すると、私はいっそう恐ろしくなって、

「お父、早よ、つけてえ、つけてえのう」

と舟にしがみついた。

そんな一日のことが、思いだされ、父がまだ丈夫だった頃の浅黒い顔をにこにこさせて立ち現れるのだったが、父を思いだす日にかさなって、もう一人の男が私を海の洞へ誘う日が多くなった。ここ二、三日出てこぬが、現れる日には、たいがい、

「きょうこそはあっちへ行ってみよ」

と私にのっぺらぼうの顔をかくして、有無をいわせずつれてゆく。だが、何ど出かけても、洞の闇道にきて死んだ巨木がコブを背負って泣いている岸から先の川がわたれずに帰ってくる。あっちの方に何があるのか、たぶん明るい方なのだろうが、そこはどういうところなのか未（いま）だ

に私にはわからない。

くがみの埋み火

1

去年の四月はじめ、うすら寒い日だった。群馬県新田町の木崎宿へ行った。町なかの寺墓地と、少しはなれた共同墓地にある飯盛女の墓を見たかったのである。

熊谷駅からざっと一時間ばかり、車で北西に向うと新田町へ着いた。木崎は町はずれの旧街道で、むかしは例幣使道といって、京都のお公家衆が日光へ参詣する際に泊った宿場で、中仙道の倉賀野から岐れてまっすぐ日光東照宮へ向う途中だった。例幣使の泊る前後は、警羅役人をはじめ、助郷人足や馬方が狩りだされたので、宿場はにぎわった。飯盛女はこの宿で働いた遊女のことで、例幣使でにぎわう日はもちろんだが、つねの日でも、一軒に三、四人いて、旅の男や、助郷人足に軀を売った。遠地から女衒につれられてきた娘で、旅籠に寄宿して働いた。十五、六から二十三、四歳までの妓が多かった。「新田町史」の「飯盛女のこと」の項目にくわしく紹介されている。それによると、宿場には、役所の目がいつも光っていたので、旅籠一軒に妓は二人ときめられていたそうだ。だが、表向きのことで、妓のかずが多ければそれだけ抱え主も稼げるのだから、巧妙にうらをかいて、四、五人いた。ふえた分は抱え主の養女、後妻の名目で働かせた記録が残っている。飯盛女というよび名は、信州追分宿あたりにもあって、飯売ともよんだと、「信濃追分の今昔をきく」（追分会発行）に出ている。追分には無縁墓にひとしい不幸な妓らの墓石も残っている。中仙道一帯には昔から、軀をひさぐ妓らがいたとみていい。街道宿はきめられた遊里ではないから、娼妓、女郎という名はそぐわない。それで、給仕女に思われる名を冠して、抱え主が役所へ届け出て、実体は、遊里とちがわない売春を強要した証しだと「新田町史」にある。

木崎宿の飯盛女の墓というのは、働きざかりで死んだ妓で、越後出身が多かった。おなじ越後でもなぜか蒲原郡下に集中していた。墓石に名前と生国と没年月日が彫られているので、「人買い」の経路が、越後蒲原とむすばれていた証しだ。発見された「人別帳」によると、蒲原地方の娘には下女と冠した呼称もあったようで、いずれも十七、八から二十八が多く、なかには十三、十六の娘もいた。天保年間に三十三軒の旅籠と、飯盛女が百二、三十人もいた。越後の蒲原から百人をこす娘の出稼ぎは尋常なことではない。天保は飢饉の年まわりで、越後ばかりが疲弊していたわけでもなかろうが、それにしても十三歳の娘まで売らぬと喰えぬ貧農が越後にはいたとみていい。

私が、この木崎宿の飯盛女の記録に関心をもちはじめたのは、越後の蒲原郡下の国上山五合庵を拠点に、乞食頭陀行で歩いて、清貧生活をおくった大愚良寛のことを調べていた途次である。去年の四月、私なりの調査メモをたよりに、某誌に「良寛」を連載していたのだが、一次資料の少ない和尚のことなので、思案にくれていた。詩歌や墨蹟、書簡は多くのこされているのだが、自分事は一切書かれなかったので、謎の多い人であった。出生の日でさえ研究家によって異見がある。困っていた私の所へ、某誌の文章をよんだと前書きして手紙を下さった高崎の永岡利一という郷土史家の報告が端緒だった。私が、和尚の四十年もすごした蒲原地方の風土や、宝暦年間から天保まで生きた生涯にかかわる寺院の様子や農民事情をかいた資料が乏しいことについて縷々述懐していたので永岡さんは「木崎宿飯盛女資料」と題して、こより綴じでしめくくった一冊のゼロックス版と、独自で調査された飯盛女の「墓碑研究」の論文を同封されて、関心をお持ちなら、墓地のあるところは、わかりにくい所でもあるので、案内してさしあげるからと、丁重な文面だった。永岡さんの手紙を、許しを得てうつしてみる。

「自分はかねてから中仙道宿の飯盛女に関心があり、墓石や過去帳から調査をしてきたものだが、木崎宿の大通寺墓地で発見した遊女たちの墓石には偶然とは云いがたいほどの越後蒲原出身の娘たちの不幸な死が語られている。興味をそそられたのは、人買いのルートに慣行のようなものが生じて、蒲原郡の娘たちは、高崎や追分へゆかないで、木崎へ送られていた、と思ってきたが、だんだんしらべてゆくうち、蒲原郡下の娘の墓は木崎とかぎられていなくて、高崎、倉賀野、信州の方にまであることがわかり、木崎でさえ百人以上の娘なら、諸地方をあわせたら相当数の出稼ぎになることもわかった。しかもそれが、みな飯盛なので、墓石に彫られた没年月日や、生国年齢から、娘たちの里の事情がいやでも推察される。まったく偶然なことだが良寛和尚のことが思いうかんだ。和尚は四十年間、国上（くがみ）ですごしている。また、よく山を降りて、村や里で、女子供とかくれんぼしたり、手毬ついたりしてあそばれた逸話ものこっている。かりにこれが事実だとしたら、木崎宿で働いて、故郷へ帰れずに死んだ娘たちのなかに、和尚と、何かかかわりをもった子女もまじっていたかもしれない、と想像がはばたきだすと、和尚存命中に、蒲原郡下から売られてきた、年わかい娘や、生国もくがみに近い娘たちが、気になりはじめ、調査も楽しくなった。それで木崎へ何回もゆくようになり、いまは五十基ぐらいの墓の調査を終えて写真も撮ってある。「新田町史」の編纂（へんさん）にも参加したので、飯盛女にかかわる古文書や、過去帳のうつしなども行政からいただいてゼロックスしたものをもっている。もし、関心があり、ご入用ならば、よろこんで提供申しあげたい」

以上である。私が、この手紙を息をとめてよんだといえば大げさだろうか。良寛和尚についての研究書や伝記は多く出ていたけれど、先にのべたように、資料にとぼしい和尚のことゆえに、実像をつたえるに足る箇所は少ないのである。

もちろん、詩歌はすばらしかった。筆蹟も独得のあじで、世に良寛文字とつたわるぐらいだし、畏敬を抱く書道家も多かった。また、寺にも住まず、経もよまず、法事もせず、葬式もせず、弟子もとらず、無所有の境涯で、乞食頭陀行の毎日だった。和尚の属される曹洞宗の始祖道元禅師の思想の身現といえる孤高清潔ぶりである。当時の宗団は必ずしも始祖の流布された只管打坐の純粋禅を守っていたとはいえなかった。徳川幕府の本末制度下にあって、組織された教団外に僧職のあり得るはずもなかったので、乞食頭陀行に徹すれば、逆行批判を加えるともうけとれる生活だったろう。和尚はそれを死ぬまで堅持された。研究家の誰もが、これらのことに心を打たれ、詩歌に酩酊し、子供とあそばれた日常に、無心の風格をみて感動する。私もその一人だった。ところが、それではその和尚が、痩身の人だったか、肥満体だったか、背が高かったか、となれば事実は何もわからない。いまよく眼につく痩身で少しあごのしゃくれた面長顔の肖像は平櫛田中氏や安田靫彦氏のえがいたもので実像ではない。乞食頭陀行の毎日だったにしても、飢饉の日はどこで食糧を工面されたか。きいてみても、これというこたえはかえってこない。名著といわれる創元社版「良寛」の著者東郷豊治氏などは、これが確実だとわかっているのは二点で、宝暦年間に出雲崎の山本家に生れて、天保二年に七十四歳で、野島村の木村元右衛門家で亡くなっていることくらいだ。余のことは殆んどそれが正しいという資料はない、と断言されている。云ってみれば、研究家にとって、厄介きわまる和尚である。私もそう思う一人だが、しかし、わからないながらもひまあるごとに旅行もして追跡していたのは、私なりの踏査で、つけ足すものがあればの夢も無くはなかったのである。

売られてきた子らのうち、健康に働けて年季がきて帰国した子はいいが、帰国できずに病没した妓が多かった事実は、永岡氏でなくても、和尚の足もとを、新しく照らしてみせる新資料だった。

永岡氏の書簡に接して、以上のような興奮に近い感懐がわいた、と同時に、頭をどやされる思いだったのも当然だった。上州が隣国で、川端康成が見たように、トンネルを境にして、雪となり晴れる里ともなる山境をこえて年ごろの娘が、温暖の上州へなだれるように働きにきて不思議はなかった。いまもそれはある。春のおそい山峡の子らは、今日も里を恋う。都会を恋うて出自の村を捨てている。

余談めいて気がひけるけれども、筑波根詩人といわれた茨城県大宝村で脊椎損傷だった横瀬夜雨が、豪農の長男であったため、幼少時から食事、入浴、外歩き、すべて介添が要るので、専門にかしずく奉公女がいた。お才がそれで、越後の弥彦山近くの農村からきた娘で、上州あたりからくる商人の世話で横瀬家へ入っている。夜雨は床の世話から尿瓶の始末までやってくれたお才をいたく重宝していたが、次のような「お才」と題した詩を発表してこれが代表作になった。

ふたりいてさへ
筑波の山に
霧がかかれば
さびしいもの

佐渡の小島（おじま）の
夕浪（ゆうなみ）千鳥
弥彦（やひこ）の風の
寒からむ

越後出てから
常陸（ひたち）まで

泣きにはるばる
来はせねど

お月さまさへ
十三七つ
お父（とと）恋ふるが
無理かえな

三国峠の
岨道（そば）を
越えて帰るは
いつぢややら

やはり妹（おばま）は
背負縄（しょいなわ）かけて

薪(たきぎ)拾うて
あつたもの

お才あれみよ
越後の国の
雁(がん)がきたにと
だまされて

弥彦山から
見た筑波根を
今は麓(ふもと)で
泣かうとは

心細さに出て
山見れば

雲のかからぬ
山はない

おオは三国峠を歩いてきて、上州商人に手をひかれ、当時は「せむし」といわれた詩人のところへ働きにきた。十五、か六だったはずの娘には障害者の下の世話は辛かったろう。夕方がくると外へ出て、越後の空を見て泣いていた。夜雨の代表作が、いま、木崎宿で働いていた、蒲原郡下の飯盛女たちの心をうたっているように思えた。雪ぶかい山ぐにの子らは、明治になっても雪のない里でくらすのが夢だった。

2

上越新幹線で熊谷までゆき、駅前からタクシーで新田町に着いたが、途中は関東平野の中心部ゆえ、日本海辺のような山はなかった。のっぺらぼうの水田地帯に都市化現象の見られる街道がつづくだけで、風景もありふれている。永岡氏と待ちあわせた町なかの大通寺の山門下で落ちあい、初対面のあいさつをすませたあとすぐ私は木崎宿場を歩いた。むかしは例幣使道などとよばれていた村も、きてみると、変哲もない車のはげしく通る街道で、薬局や美容院や米屋や荒物屋やが向きあっているばかり。だが、よく見ると、江戸末期のままかもしれない土蔵造りの、格子戸のはまった古家が二、三あった。切妻を通りへみせて、ふかい軒ひさしを三角に張った構えはまこと妓楼とおぼしく、二階を仰ぐと、土蔵のくりぬき窓に遊女が手をついた手垢もしのばれる、手すりの欄干が飾りにつくられ、天井のひくい小間切れ部屋もあるけはいだった。古い宿場の名残りである。永岡氏は、実直そうな面だちの人で、地方史家によく見られるベレー帽をかぶった中老の詩人タイプ。想像していたような人なので、気がやすまった。歩きながら、永岡さんがしゃべってくれるのをメモし、質問もした。話をきくにつれて、娘たちが、残酷な抱え主に耐えていた事実がわかってきた。

「新田町には木崎音頭といって、NHKののど自慢の会場でもうたわれている八木節のような長舌体の唄がのこっています。それが、越後からきた飯盛女の一代記をおもしろおかしくうたうんですが、その文句によると、娘たちの「五年五ヶ月　五五　二十五両」といって買われてきた値段もうたわれています。年季も五年五ヶ月。米の値段はいくらぐらいだったかしりませんが、五年間で二十五両なら、一年で五両。年額米二、三俵にも足らぬ値段で売られてきたといっていいでしょう。よほど親たちは困っていて、娘を売っても米がほしかったんでしょうね。

町には年季証文や身売証文も残っています。それから推察して、娘の売られてきた年次の越後は飢饉だったこともわかりました。涙をさそわれないではおれぬ過酷な労働もわかります。多い日は一人で十人もの客をとっていて軀の酷使は当然、病気をともないます。瘡気という手足に膿のでる腫れものの病気が多く、治療もままならず、死んでゆく子もいたようです。前借できていますから、五年目がきて、稼ぎ高と差し引かれます。勘定があえば自由な身になれますが、殆んどダメだったようです。証文はたてまえ、苦しい思いで働きつめても、借金に利子がついていますから、結局その利子分を働いたことになる勘定で、元金は何ほども返していない。それに裸同様で来ていますから衣裳、化粧品、食事、いろいろ新しい借金があったと思いますね。抱え主の方ではまるで前貸で、一生をくくりつけたようなものです。ぬけ出すと役所にうったえて捕えられました。そのため、若死しないで残る女たちがいても、結局は軀を酷使して働けなくなってから放りだされますので、帰るに帰れずに野垂死するものが多かったときいています。木崎宿場はつまり、越後蒲原郡の親にしてみれば、金づるの国ですが、娘らには地獄だったとみていいでしょう。わたしは、この研究をはじめてから、都合二十回以上、この宿場の墓場を歩いていますが、墓石前で、妓らの名前と生国を口ずさんでいますと、ひとりでに合掌したくなって、涙が出てくるんですよ」

永岡氏は、細眼をチカッと光らせて私をふりかえった。素直な人のようである。それでは、大通寺墓地へ案内しましょうかと、やがて宿場の大通りから、先刻待ちあわせた時町には大きすぎると思えた二層になった山門をくぐると、広い庭をよこぎり、左手に鉄筋建築の幼稚園のある舎屋の裏側へまわった。右手に雑木の茂った墓地があった。たくさんの石塔だった。かぞえきれない大小まちまちの墓石が、テニスコートぐらいの斜面に凹凸をみせてひとかたまりになったり、一個ずつ玉垣をめぐらせたり、草のしげるにまかせたりして眼の前にあらわれた。大通寺は曹洞宗の寺だった。私は臨済宗ではあったが、同じ禅宗寺でくらした十年の経験をもっているので墓地の様子はだいたいわかった。寺墓や、檀家の墓や、旅人の無縁の墓の位置はだいたい見当がつく。飯盛女の墓はたぶん、無縁墓に近かろうと、その一角を眼でさがしていると、

「これです。これがみな、……それで……」

と永岡さんが、とつぜん歩いていた足もとの草のしげみに半身だけのぞかせた黒灰色のボロボロ肌に、ところどころムラになって苔の付着している、彫字もはっきりせぬ墓石の一つを指さした。似たようなのがわきにかたむいたり、のけぞったりしていた。

「うしろと、よこをよくみてくださいね、生国、年月日、名前がありましょう。よくよんでみ

て下さい」
私は教えられた足もとの一基をしゃがんで見すえた。わからない。草は四月はじめだというのに、いやに茂って、夏草ほど高い。蛇イチゴのような葉がかたまる手前部分を足先でかきわけて、かたむいたままの墓石に顔を押しつけた。

不応日照大姉　　越後国蒲原郡村山村加藤九左衛門娘　俗名そめ　行年廿四歳
　　　　　　　　文政十丁亥六月二十五日施主明石新左衛門建之

かろうじてよめた。不応日照大姉とはどういうことか。日の照りもままならなかった一生の大姉と解してよいだろうか。どこに「あなたは日のささない生涯をおくられた大姉です」と名づける僧がいようか。のどがつまった。声も出ないまま、私はなおもこれはよみちがいではないか、とその御影石らしいボロボロ肌を見すえた。高さ一尺そこそこしかない、短型の墓石である。台石もなく地めんにつきささったように倒れかけている。正直いって、私も十年の僧生活だったが、葬式や法事にはいくども出あった。檀家の回向にも出た。また死者の出た場合、和尚の苦吟するのは、施主から依頼をうける物故者の戒名（法名ともいう）で夜のうちにつくらないと葬式に間にあわないということも知っていた。臨済宗には「法名虎の巻」ともいえる書物があった。「臨済宗衲覯」とよんだ。それを繙くと院号や大姉、居士いずれにかかわらず、漢字を組みあわせる法則のようなものがあって、たとえば、貞室だとか、明窓だとか、慈光だとかの例が何十と羅列されていて、それらの漢字の組み合わせへ、物故者の俗名の一字乃至二字を挿入して、平仄をあわせればよかったのである。なぜこんなことを知っているかといえば、住職がいそがしい時に、一日二、三体の死者が出る場合はわきにいる小僧の私に、何かと指示があった。兄弟子からも法名のつけ方は教示をうけた。いずれにしても、戒名（法名）は生者が死ぬことで仏弟子になれて、冥界すなわち仏界に入る名前である。それゆえに、死も平等であるように、名も平等であらねばならないと教えられた。しかしながら、私のいた寺では、檀家遺族の意志で院号が欲しくなくて、ただの四字に大姉あるいは居士を冠してくれればよい、という希望があれば、その法名代は、院号をつけるより当然価格は安かった。さらに信士、信女、童子、童女、嬰子、孩子にいたっては順に値も下がった。平等な名付けといいながら、年齢や金銭の多寡に応じて、法名に階級がつくられ、字数の増減があった事実は否定できぬ。だがそれにしてもいま、眼の前にある飯盛女の、蒲原郡村山村加藤久左衛門の娘そめが、

「不応日照」

などと法名をもらっているのだった。

「これを何とよまれますか、永岡さん」

自分は何ども見ているので墓石は見ずに、しゃがんでいる私を、見おろすように立っている永岡さんを私はふりかえった。永岡さんは下くちびるを噛んで、いった。

「残酷の一語につきますよね。不応日照はまだいい方です。こっちへきてみて下さい、玉林妙珍というのがありますよ。それから、玉顔、美玉もあります。仏さまを小馬鹿にしたような法名だと思いませんか。しかも、わきに抱え主の名もございますから、これは明石新左衛門という楼主がおそめがまだ前借もすまずに廿四で死んだのに、墓石をつくってやったようです。仏心はあったと思いますが、それにしても、玉林妙珍と名に刻んだ真意はどこにありましょうかね。こういう法名をもらった子は……」

と永岡さんはちょっと口ごもってから、

「字もよめなんだでしょうが……」

といってだまった。

「良寛さんの生きておられた天保や文政年間にこういう寺があったということは事実なのです。わたしは、当時の寺というものは、徳川政策の人間差別方法を、そのまま仏界へ入る死にもちこんで、生前の職業や、行状の事実を人別帳のように彫りこんだとうけとります。これはいまから思うとずいぶんひどい話で、……ま、ま、まったく、ひどい」

永岡さんは、興奮気味になると少しどもるくせがあった。抱え主の気持で建てられている墓だとわかるにしても、いま、その法名の字さえ読めない文盲の娘らが、玉顔や美玉や、不応日照と彫(きざ)まれた石の下で眠っていると思うとやりきれない気分だった。私が、この墓地と、それから、次の共同墓地でたしかめた墓石のいくらかをここにうつしてみよう。

帰元　妙室善女霊位　越後国蒲原郡黒水村　俗名む羅　十八歳　上野住辻静

頼心妙覚信女　越後国蒲原郡地蔵堂村　俗名ちか　行年廿一歳　施主二見屋長左衛門

玉顔善女　越後国寺泊生　行年廿五歳　ろく　嘉永四年正月三日

美玉善女　越後国出雲崎町権太夫娘く満　嘉永七年十二月二日

貞寿善女　越後国寺泊　とら　安政三年六月一日　施主金川村栄次郎

観光智音禅定尼　越後国寺泊上町本間寅蔵妹　俗名まさ　安政六年十二月三日

玉林妙珍善女　越後国新潟大井　しの　安政五年九月七日

玉堂当門位　越後国地蔵堂大竹町　施主西野屋清　文政四年巳八月

梅室春芳禅定尼　安政四年正月廿九日　行年四十四歳　中屋亀右衛門後妻俗名とし

寺泊も出雲崎も、良寛和尚には縁のふかい土地であった。出雲崎は出生地で、生家は名主であったから、嘉永年間に死んだ権太夫の娘のく満は和尚の没後に木崎へ売られているにしても、良寛が一時つとめた名主見習のもつ人別帳に、権太夫の名で出ていたかもしれない。寺泊はまた良寛の妹のむらが外山家に嫁いでいたので、和尚は病身だった妹を見舞うためと、雪ぶかい冬の山から逃げたい目的もあってしょっちゅうこの町へ足をむけていた。例の遊女屋で、妓らとお手玉をしてあそんだ逸話の出所である。この町の丘陵上にある照明寺でそこに一年以上も役僧のような仕事をしていたので、和尚は町内事情は熟知しておられたけはいがこい。今日も照明寺には良寛自筆の「本間家過去帳」が残されて寺宝になっている。その本間家と、縁筋かとも思える（田舎には同姓は多くて、すべて親戚血縁とはいえぬまでも）本間寅蔵の妹まさが、安政六年に、木崎で死亡している事実は、和尚と多少のかかわりをもつ家柄だったかもしれぬ憶測はなりたとう。いずれにしても大通寺の墓地の草むらへ、ちょっと入っただけで良寛曾遊の地から出てきた飯盛女が、故郷へ帰れぬままにいく人も若死していたことがわかった。

ここで、さきに永岡氏が、新田町につたわると教えた木崎音頭を、紹介しておく。

越後蒲原どす蒲原で
雨が三年日照りが四年
出入り七年困窮となりて
新発田(しばた)さまへは御上納が出来ぬ
田地売ろうかや子供をうろか
田地は小作で手がつけられぬ
姉はじゃんかで金にはならぬ
妹うろとご相談きまる
わたしゃ上州へ行ってくるほどに
さらばさらばお父さんさらば
さらばさらばお母さんさらば
まだもさらばよお母さんさらば
さらばさらばさらばよ皆さんさらば
新潟女衒(ぜげん)にお手々をひかれ
三国峠のあの山の中

雨はしょぼしょぼ雉(きじ)ん鳥や啼(な)くし
やっとついたが木崎の宿よ
木崎宿にてその名も高い
青木女郎屋というその家で
五年五ヶ月　五五　二十五両
永の年季を一枚紙で
つとめする身はさてつらいもの

（後略）

木崎からみれば、働きにきている飯盛女の在所は雪ぶかいところなので、村を守る姉はみなじゃんかだといったのだ。永岡さんにじゃんかの真意をきいてみたかったが、きかなくても、だいたいの意はつかめた。たぶん売りものにもならぬへちゃ女か。また越後蒲原どす蒲原と、いどすをつけるあたり、気性があらいとつたわる上州人の勝手な優越感がよめる。いずれにしても、五五が二十五両で、五年も働きにきた娘らの在所を上州人があわれんだ証しだった。唄の行間から、ひでエ在所だべ、とつたわってくる。くがみの里人にはききのがせない唄のように思えた。永岡さんの説明だと、この唄は八木節のリズムに似ているそうだ。木崎では、いくつかの太鼓をたたきながら、若者が組をつくって今日でもうたうという。

「県大会で、優秀賞をもらった組があって、たぶんこの連中は全国大会へも出たようですよ。カセットにもなって売ってます」

と永岡さんはいった。昔がいまも生きていた。同じ関東で奉公女の里をうたった横瀬夜雨の詩には、泣いてばかりいたお才もすくわれているような思いもしたが。

3

某誌に連載していた「良寛」のおかげで永岡利一氏を識り、木崎宿場の探訪を終えて帰ったが、次に紹介するのは、新潟県西蒲原郡分水町に在住の、郷土史家の村西兵太郎翁から頂戴した「分水聞書抄」だ。謄写版刷り、五十頁ぐらいの古い冊子である。分水町は、昔の地蔵堂村が中心に付近の農村を合併して町になってからの町名だが、「水を分ける」意で、当然、信濃川分水大工事の完成とかかわっていた。新潟県地図を見ると、信濃川は、南部の長岡の北東側の平野を流れ、ところどころ大蛇が牛でも呑んだようにふくれあがり、ある所は細くなって蛇行してくるが、中之島見附あたりで、なぜか海岸よりの平野部へ流れは寄ってゆき、和島村、地蔵堂村と、弓をしぼったように湾曲し、大河津にきて、急に三条の方角へ向ってゆく。このあたりで殆んど直角に曲って西へ流れるので、和島村にきて川はばも倍ちかくひろがっている。信州の山奥からいくつもの支流をあつめて流れてくる大河が、ここへきて急に水かさを増して、付近を自然浸蝕してきた姿である。ところが分水の大河津でははばをひろげていた大河がなぜかわからぬが急にせまく西下している。一方中之島の方からくる大川があって、三条の手前で合流するのである。増水期は、大河津の地点で直角にまがっているから、当然、水はつき当りの土堤をこえるか、つきくずすかして、東北部の平野へ流出した。海岸部の寺泊と野積は眼鼻の近さだが洪水期は水田と人家をひと呑みにした。じつは、この大河津から、野積にいたる国上山麓の一帯は、長い間の水難史をひきずっている。この事情を簡記して、大河津から地蔵堂にいたる村々の出来事、人物、僧侶、役人、農夫にいたるまで味つけのある文体で聞書したのが、村西兵太郎翁で、翁はこれを謄写版本にする際わかりやすく直しておられる。私はさきにのべたように、手当り次第に国上の郷土誌をあつめていたので、宝暦から天保にかけての農民事情と切っても切れない関係をもつ信濃川水難防災工事の大事業については資料はととのえたつもりだったが、翁の「分水聞書抄」だけは知らなかった。分水大事業をくわしく歴史的に調べた本は「中之島郷土誌」前後篇二部のうち、後篇の近世、現代篇だろう。この冊子もなぜか謄写版刷りであるが前後篇とも五百頁をこす大冊で、分水事業にはかなりな頁数がついやされ、長い水難史も、詳細に誌(しる)してある。だが村西翁の小冊子の方に多少の軍配があがるのは、「中之島郷土誌」にはない人物からみた史実である。しかも、村西翁は八十八歳という高齢もあってどこか茫洋(ぼうよう)とした風格があり、事件や人物にふれてもなかなかに滑稽味があった。

一種の文芸といっていいかもしれない。次に翁の書簡を要約してみる。

「貴殿の『良寛』を読み、わが郷土越後の偉僧への深き愛着と敬慕の念をもたれをるを感じまことに喜びに不耐候(たえずそうろう)。然(しか)るところ第六回目、『六月号』に至りて、良寛和尚の、われらが村童と手毬つき、かくれんぼされしことどもにつき、貴殿に一つの疑念の生じたるは悲しきことに候。貴殿は逸話なるため実際に存せぬとの見方のやうにおぼえ候へども、さにあらずして、われわれ郷土民は、事実と信じ居るものに候。貴殿の真意は飢饉の年なれば、農民は多忙をきはめをり、乞食(こつじき)和尚が子供とかくれんぼをなし、干藁(ほしわら)の中にかくれをりたるを、朝になりて母親に看破せられし時、『しッ子供に教へるなよ』と云はれ、なほも藁にふかくもぐりたまへるを、誇張語と断じ、そは多忙なる農事のさまたげと申されをるやに見受け候へども、われらが郷土には、如何(いか)に多忙なりとも和尚のあそびに文句をつける民は一人も無之(これなく)、たとへ飢饉で飢ゑ候直前なりとも、童子とあそび呆ける僧侶こそ偉大なれば、むしろ母親は、和尚を藁にかくしおきて、家へ帰り、稗もちの一個をも焼きてはこびたるやもしれずと思はれ候。われら郷土民は、貧しくとも王者の心をもつ農民に御座候。しかあらざれば、二百年の歳月をかけ、完遂せし信濃川分水工事も、延何万の工人徴用たりしか知らざれども徴用に応じたる民のあればこそ完成をみたるものにして、皆民の心意地に有之候。和尚を敬愛せば、如何なる艱難ありてもお守りいたせしものにて御座候。さもなくば、くがみの山居もとくに飢ゑ来たりて、和尚はとつくに六十ぐらゐで死にをり候。越後は盲目の瞽女さへ飢ゑ死させざりし国に御座候。
まあ、かくの如きことにつきては貴殿もよく存知いたされ候と思はれ候ゆゑ、長談義はやめ候へどもわれわれは、貴殿がよく、仏教界につき時に針の如き言葉を発せらるるに快をおぼえ候。和尚の偉大さもまた同感にご座候。されば、研究のご一端参考にと思ひ老生が戯れ書きに御座候へ共小誌一冊、貴殿に献呈仕り候。この件、返無用にていつかうに差支へ無く候。毎号のご健筆、心より待ち申上げ候」

　といった内容である。これで「聞書抄」の内容も想像されるかと思う。正直いって、翁の手紙には、真摯な郷土人の、良寛和尚への親愛が感じられた。かくれんぼの一件も、私に批判などあったわけでもなかったし、また当時の寺院のありように目新しい文句をいったわけでもない。だが翁にいわれてみれば、なるほど、そのような農民がいなければ、和尚はとっくにくがみの山中で死んでおられたかもしれないという気はした。盲目の女旅芸人を瞽女とよんで、年年廻遊(かいゆう)して来るのを待って、宿を競って泊め、一夜の三味線芸をきいて、村中寄り集うた行動も、越後人独得の行事である。よそでは盲目女芸人の集団を今日まで温存しなかった。良寛和尚にもこれはいえて、飢饉の年まわりでさえ和尚の口ぐらいは誰かがありあわせの食糧をはこんだものだろうと思う。村西翁の書簡は、そのようなことを私に語って、教えられもした。だがそれにしてもである。良寛和尚は、三年ごしに水難をうける疲弊地帯から、歩いてわずかの距離の、国上山の中段にある五合庵で、のんきといえば、村西翁にからまれるかもしれぬが、座禅と詩歌づくりの毎日だった。一しょに畑をしたり、工事に出た話はきかない。ここらあたりに、私は多少以上のひっかかりをおぼえないではおれぬ。

4

「分水聞書抄」の水難防災工事の話は次のようにはじまる。

「信濃川分水事業は百七十年を費(ついや)したる大工事なり。そもそも信越両国より、大小の支流をあつめて、日本海にそそぐ信濃川は長岡より北上するに南蒲原郡中之島、与板の地にて湾曲甚だしくなり、わが郷土地蔵堂西部に至りてさらに湾曲し見附川を吸収して三条に至るなり。されば、長雨出水期は、当町の西堤部に激突して決潰すること度かさなり、粟生津、大河津、中之島、牧ヶ花、本山、野積まで洪水禍はひろがり塗炭の惨苦を蒙る農民の悲しみは言語に絶せり。如何にして災禍をのがるべきや。地蔵堂堤をかさあげして、堅固なる防堤を礎くも一案。されど、いかに人力を以て高堤を礎くも、増水猛りくれば、長年の工事も一朝に切りくずさるは大自然の驚異なり。須く、分割工事を貫行して、本河の水量を減じせしめ、日本海に誘水するの分水建設の議案は、古く宝暦の時代に遡れり。同年間幕吏に山中源四郎あり、柏崎代官の職にありしが、寺泊の住人本間数右衛門、河合彦四郎、宇井三左衛門らと謀りて、大河津地区鑿渠工事を計画す。これ本工事の嚆矢となれり。されど幕府は許さざりし。費用の莫大なるを考慮せるものなり。つぎに真野惣十郎といへる代官赴任し来り、ふたたび、本間、河合、宇井等と謀りて鑿渠の許可を陳情願ひ出でたるも許されず、本間数右衛門何回となく代官所に哀訴するも受入れられず、空しくも功を見ずして死亡す。時に宝暦七年春なり。数右衛門臨終に際し、家族郎党を枕辺に集め、

『我、死後鼠一匹となりても分水路を貫通したき思ひなり、痛恨きはまりなし』

一堂本間の胸中を慮りて慟哭す。すなはち数右衛門は、本河より分割して新川を寺泊に誘流すれば一帯の田地は潤沢なる水利をうけ、豊穣の水田に蘇生せん、これ生涯の悲願なりと。数右衛門の死後鑿渠の沙汰は無かりしも、洪水禍は三年毎にありて、飢餓簇出、疫病流行し、子女を他郷に売りて喰ひつなぐ。農民の苦闘悲惨は極に達せり。安永五年、頸城郡高畑村に湯川太郎左衛門あり、同郡小野村の片桐三郎左衛門、三上猪之助なる者と謀りて本間の遺志を継がんと欲し、ふたたび、代官所に陳情す。幕府、農民の苦況を見聞し、従来の如き出願一蹴の態度は柔げ、一応の検分を約せしも工事には至らざる也。天明六年本間数右衛門の遺児、父の遺志をもつて時の勘定奉行赤井豊前守に陳情。赤井本間の遺児の熱意に打たれ検分調査の実行にうつらむとせるも七月に入つて大洪水。堤防決潰数十ヶ所、流水家屋無数、泥土に埋まりたる水田は野積、寺泊に至り国上山麓は泥海となれり。年寄りに地獄の再来とて世を呪ひ首吊りて死ぬ者あり、施米所よりいくばくの麦をうけとりて粥にするも、栄養不足にて諸所によろけ伏すあり、まさに地獄とおぼゆ、村落に若き娘らの姿消ゆ。されば、幕府も放置しおけず、災害復興にかかりしが分水検分の沙汰はまた止まりぬ。本間氏屈せずして寛政元年五月に再ど出願に及ぶ。幕府やうやく腰をあぐ。幕吏野々山金市郎、早川兵吉の両名に命じ検分調査を始む。然るところ掘割川筋の二十四ヶ村の農民連署して検分反対の抗議に出づ。幕府之によりまた検分中止。本間某は痛憤やる方なく病没す。時に寛政三年なり。父子二代の悲願はつひえたる也。文政年間桑名藩主松平定信藩領視察の折、農民の哀訴により、分水鑿渠の要を感じ、検分を策せしも途中沙汰止み、天保四年蒲原郡新田外四十三ヶ村民連署して桑名藩柏崎陣屋に陳情出願するも拒否せらる、天保十三年桑名藩主は重臣脇山十左衛門をして老中水野越前守に提言せしめ、万が一幕府が拒みたる時は、桑名藩のみにて着工したき旨の許可を迫る。幕府柏崎代官山本勘三郎に命じ、信濃川、中ノ口川、西川の実測をなさしむ。中ノ口、西川は寺泊へそそぐ旧来の小河なり。大川決潰のたびに泥土と化したる川なり。

凡そ分水渠は延長五千三百三間三尺九寸にして、分水口と河口との高低差は三丈八尺といへり。この分水工事により、利を得るは蒲原郡下の古志、三島の数郡にして、これらは新発田藩、桑名藩の所領なり。両藩に熱意ありて当然。費用も折半して着工の議を迫る。天保十三年九月一日、幕府はじめて設計着手を許可す。然れども設計に着手はしたれど、実行なかなか固まらず、日を重ねるに至る。安政二年十月、寺泊町肝煎文六、同所桑名藩内用達勝之助、野積庄屋星清五郎ら幕府に設計着手の請願に出づ。されどまた不許可なり。万延二年正月清五郎ら勘定奉行松平出雲守に請願せるもまたまた不許可となれり。

思ふに藩政時代は鑿渠の要をみとめたるも実行にうつす段になるや中止となれり。宝暦の山中源四郎、本間数右衛門の建議より百年の歳月を徒せり。されば、明治元年五月の信濃川氾濫は大洪水を招けり。地蔵堂、寺泊にいたる町家、農家流土に埋りて疫病蔓延死者多数なり。越後府壬生知事政府に歎願し、政府も分水工事の要を痛感す。すなはち寺泊に信濃川分水事務所の設置をなすも、突如中止を命ずるに至れり。壬生知事憤りて辞職、農民落胆して騒擾を謀る、新発田藩主、有志をつのりて上京、訴へて政府を説く。翌年七月に着工にいたる。当時の工事はすべて人力なり。須走地区は異形の地にして、数日も働きて鑿渠するも、一日にして川底より土ふき上りて人夫ら化物丁場とよぶ。明治四年廃藩置県となり工事中止となる。農民いきりたちて、怨嗟呪詛地にみつ。騒動各地に起きる。会津藩士渡辺悌助と蒲原郡月岡村の月岡帯刀、八王寺村の川崎九郎治ら立ち上りて一揆騒動となれり。明治五年四月四日、帯刀らは新潟県庁に九郎治らは柏崎県庁に、各六百人の農民・町民を率して押しよせたるなり。首謀者は捕縛、群集は四散して鎮圧さる、世に月岡騒動といふは之なり。ああ、大いなる犠牲者を出せしも分水工事ははかどらず、如何にして塗炭の農民を救済せんや。然るとき、新潟地方より風聞ありて、工事の中止は、新潟市民の反対の為なりと。すなはち市民は分水をよろこばず、もし信濃川本流を分割せば、水量は減じて港湾に大船舶の寄港するは不可能になるなり。明治六年政府は新潟市民の陳情を受け、分水工事は沙汰なきこととなりたるなり。ああ、それより二十年の歳月はすぎ去る。われらが郷土は、三年または四、五年に一どの決潰洪水に泣く。明治二十九年、三十年の災禍は筆舌につくし難し。樺山内務大臣の視察あり、小桐卯三郎、萩野左門、大竹貫一らの痛論ありて、分水再燃の導火線となる。すなはち明治四十年より大正十年まで十四年の継続事業として工費一千三百万円の国費を投ぜよ、と命じたるは時の内務大臣原敬なり。与板、中之島、寺泊に開鑿（かいさく）の槌音（つちおと）ひびきはじむ。左に資料を示す。

掘鑿土量　五百七万八千坪

堤防延長　約四千間

期間　明治四十二年七月

経費　一千三百万円

かかる年月を費せし大工事は本邦に例なきことといへり。ペヤトラップ式の扉も新式にして東洋一の水利事業といはる。結局、大工事の完成は大正十三年三月廿三日にして、宝暦より百七十年をかぞふるに至れり。艱難（かんなん）なる人力工事は多数の犠牲者をうめり。すなはち殉職は『米谷奥松以下八十三名』現今の殉職碑に彫（きざ）まれてあり。大河津大堤防の完成とともに『記念公園』設置さる。大堰門（だいせきもん）と堤防植樹の桜は附近の景観を一変せり」

村西兵太郎翁の「聞書抄」は右のような工事の大要を誌すのである。私も何どか国上山を訪ねた際、地蔵堂、大河津を歩いたので、分水の長堤に佇んで新水路を貫く巨大な橋をかねた大堤防やペヤトラップ式の扉の水門も見た。水路は百メートルをこす川はばだし、水量を加減して誘導落下させる仕組みの大堰門は、まるで腰の高い巨大な鉄櫛をはめこんだようで、いくつもの水門からは滝のような本河の水が落ちてくる。それをためた新水路は滔々たる長河となって、国上山の南端の低地を貫流して海へそそいでゆく。途中にいくつかの橋梁がかかって、土堤下に植樹された山桜の何百本もの列が枝をひくめている。春にも出かけて、花どきにめぐりあったが、綿をのせたような桜花の白桃いろの上にかすんでみえる国上山と、さらにその奥にうっすら見える弥彦山を望んでいたらふかい感懐で胸がいっぱいになった。百七十年の工事の歴史と、それに倍加する年次の水難史を考えたからである。弥彦山よりは近くに見える国上山が、濃淡の樹相を波うたせてかすむのをにらんでいると、良寛和尚の中腹台地の五合庵がうかび、山麓の乙子神社、晩年の木村家と、あわせれば都合四十年をこのかいわいで過されたことが思いかさなる。備中玉島で修行、師の遷化にあって帰郷されたのは寛政八年といわれている。これも確証はないのである。寛政八年は「聞書抄」の工事の要約文とかさねてみると、「死後一匹の鼠になつても分水鑿渠の夢を果したい」と痛恨のことばをのこして死んだ寺泊の本間数右衛門の遺児が、幕吏野々山金市郎と謀って、幕府に検分調査を迫り、掘割筋の農民らの反対にあって、検分中止となった寛政三年から五年たっている。文政に至って桑名藩の松平定信がうごきだすのだから、近在農民は悲歎にくれて上層部の運動を見守っていた時節だろう。もちろん、掘鑿（くっさく）はすすんでいないので、三年目三年目の洪水禍を嘗（な）めている。国上山五合庵は、台地でもあるので、木立の合間から眼下にみえたろう蒲原（かんばら）平野の悲歎は朝夕眼にうつっていたにちがいない。村西翁のいう、娘の消えた村落がある。

「聞書抄」に「工事余聞」として、化物丁場のことが出ている。

「嘉永の頃、野積に三太夫なる人あり。日がな洪水後の土方仕事に出でたるも、組頭より賃銀は掘鑿の間数によりて仕払ふ約定（やくじょう）なりき。三太夫欲ぶかき性格にありければ、連れより早起きして働き、一日掘りつくして夜になりて家へもどるに、野積まで山ごえなれば、時間の惜しかりけるほどに、一計を案じ、妻子と別れ、牧ヶ花の現場に杉皮二枚たて葺（ふ）きたる人足小屋に泊りて、星の出るまで働き、陽の出る以前に起きて励みたり。ある夜、根気無くして小舎（こや）にもどりて一服しけるが、突如、足もとの地めんの約十尺ほど底より、大風のふきくる音起りて、地震かと思へるほど揺れはげしくなりぬ。三太夫仰天して小舎を走り出で、眼前の掘鑿現場を見るに、あな不思議や、数日前より辛苦して手スキにて土掘り、もつこにてかつぎはこびし水路に、むくむく真黒きもぐらの如きもの走りて、水底の水のもりあがり、数日前よりさらに高まりて、一瞬にして水路は消えにけり。三太夫呆然自失して、腰ぬかしてへたりこみけるが、地底の音響はさらに高まりて、天地の裂けるがごとし。何事の起りたるやと天を仰ぐに、星のいくつもまたたける晴空なりしはをかし。三太夫幻を見たる心地して、暫く鳴り止むを待ちて、よろけ帰りて、家人にこのことをはなしけるところ、家人ら、化物を見たるなりといふ。化物にしたれども、かやうなる大音をたてて走る真黒きもぐらのこの世に住みたるやとなほも怪しみてをるうち、気ふれてをかしうなりたり。三太夫、それより掘割仕事を嫌ひてぶらぶらいたし、人のかはりたる如く思はるるほどに欲心を去り、日がなあそび呆けるもをかし。三太夫曰く、いくら掘つても土のもりあがれば掘らぬがよしとなり。人々は国上五合庵の良寛さまの如きことばなりと云ふもをかしきことなりき。大風のふく音すれば、それより日がな化物きた、もぐら走る、とあらむこと叫びて人も笑ひけるに、ほどなく枕につき化物、化物といひて死にゆけり。かなしきことなり。（牧ヶ花、紋左衛門老の話）」

この話は、「中之島郷土史」にもでてくる分割工事中の、国上に近い一帯を大正時代に「化物丁場」とよんだ一節と符合する。「聞書抄」の工事大要にも村西翁が人夫の艱難を語るに

「化物」といっていたのを思い出させる。さしずめ野積の三太夫のいったことが、嘉永の頃から人夫仲間に流行して、そのような呼称がうまれたと思われるが、いずれにしても、一夜に、水路の底土がもりあがるような地形があったらしい。私も、この「聞書抄」の三太夫話に興味を抱かされたので、野積の西生寺(さいしょうじ)へ行った際牧ヶ花から、分水路に沿うて車のはげしい道を歩いてみた。車を降りて途中の人にきいてみたが、昔、そのような人夫を困らせた丁場のあったことを知る者はなかった。村の古老にもきいたが、さあと首をかしげる者ばかりだった。ところが、寺泊に入って、某旅館に泊った夜、旅館の発行するパンフレットに眼を通していると、寺泊と野積に至る海岸砂丘が昭和年代でも年々もりあがって、海に向ってふえつづけている由が書かれてある。主人にきいてみると、分水の水がはこんでくる土砂が海にあふれ、海流のかげんで、それが陸地に片寄せられてもりあがるのだという。ここ二十年ぐらいの間に十数メートルの砂丘が新しく海へつき出てしまったので、町では、天然の土地造成で大喜びだそうで、高みに小松を植えて、公営施設の建築を計画中だといってから、

「新潟の方へゆきますとね、地盤沈下で大騒ぎしとりますのに、新水路では土地がふえるんですよ。おかしいですな。ご存じかもしれませんが、新潟湾近いところにあった測候所はもう十年前にけずりとられて海に没しています。だがこっちでは逆に土地がふえとるんですね。同じ

県内でも大きなちがいで。これはむかし、新潟市民が分水工事に反対したので神さまの祟りだという人がいますね」

主人はそういってわらった。笑い捨てるにしては、捨てきれない思いで私はきいた。

ところで、「聞書抄」の三太夫の話は、嘉永年間から百姓らが治水事業に狩りだされていたことを物語るのだが、「天変地異」の項目に、国上山麓がうけた洪水、破堤の記録が年次別に出されている。良寛和尚の生存中にかぎってとりあげてみても、たとえば、

宝暦元年　八月二十六日　出雲田地方収穫皆無
〃　四年　　中蒲原郡萱場破堤
〃　七年　　中蒲原郡横田破堤。二百門水戸まで四回出水。被害惨憺
明和元年　　中蒲原郡茨曾根破堤
〃　　同郡中塩新田破堤

などと、三年乃至四年毎に起ったことが誌され、天保末までに約四十九回の災害が羅列されている。村西翁は、弘化四年四月十四日の「余聞」で、

「このたびは信濃国大地震にて大水となり、被害甚大なり。地蔵堂では家財道具人畜を戸外に出し家屋倒壊の被害をのがれんとせしに、夜なかの出水は泣き面に蜂なりき。牛馬も人も泥水

に浮び、助けを求むる声、くがみ野に充てり。数日海に浮びて牛とともに死ぬ者多数。人よんで信州水は牛馬も殺すとなり。地震水といへり。されど水ひきたるのち川筋に鯰の繁殖したるはをかしきことなり。百姓ら日がな泥にもぐりて鯰をとりて喰ゑり。それより地震水は信濃より鯰をはこびきたると云ひ伝へり」

何が禍いとなり、何が果報となるかわかったものではないと村西翁はいってから、

「家屋流されたる者ら、いち時は国上山に逃げて難を避けるなり。地蔵堂は低地なれば、流水時は山へ入るより詮方なし。国上山は、国上寺下に村落あり。大杉林立して日蔭なるも、村人ら里よりここを好みて去らざるは年々の洪水禍のためなり。されば、村人ら大杉を育て屋根コバ板にして生計を養なふ。皮は屋根ふき用なり。里にては家屋流出すれば、また建築なり。入要絶ゆることなく財をなす者多し」

といっている。なるほどと思われる。私も五合庵を訪れた際、麓の国上集落を散策したが、家々はみな谷の高みにあって大杉がどの屋敷にも混んで、洗濯物もかわかぬような、しめった村に思えた。洪水をのがれた者が住みついたにしても、何とも陰気な村なのに驚いたが、「聞書抄」の翁の説明で納得できた。つまり、良寛和尚は、そのような大杉をたくわえてコバ板や屋根ふき用の杉皮を売る裕福な村の上の小庵に住んでおられたことになる。

5

数多い漢詩や、和歌をのこされた良寛和尚に、飢饉や洪水をうたわれたものを探ってみるとかなり長い一篇が目についた。「寛政甲子の夏」と題されている。難解な漢詩なので私流に読み下してみる。

凄々たり芒種ののち
玄雲　鬱としてひらけず
疾雷竜夜にふるい
暴風　終日吹く
洪潦階除にのぼり
豊注田畓をうずむ
里に童謡の夢なく
終に車馬の帰るなし

江流　なんぞ滔々たる
首をめぐらせば臨沂を失す
およそ　民小大となく
作後　日にもって渡る
畛界　知らず焉に在るかを
堤塘　竟に支えがたし
小婦は杼を投じて走り
老農は鋤に倚りて欷く
いずれの幣帛か備わらざらん
いずれの神祇か祈らざらん
旱天　杳として問いがたく
造物　いささか疑うべし
たれかよく四載に乗じて
この民をして依るところあらしめん
ほのかに里人の話すを聴けば

今年は黍稷しげく
人工は居常に倍し
寒温　その時を得たり
深く耕し　疾くに耘り
晨に往き　夕べにこれを顧みたり
一朝　地を払うてなし
これをいかんとぞ　罹なけんやと

解釈してみると、六月五日（芒種）がすぎて急に天候が荒れだして黒雲がたれこめて晴れ間もなくなった。雷が夜どおしとどろいて、風雨が日がな吹きまくった。大水が出た。家までつかり大雨は田畑をうめてさかいも見えない。村に子供の姿はなく、声もせず、旅へ出た馬も車ももどってこない。川水はとうとうと流れ岸も見えず、百姓らは子供も大人も疲れはてている。田畑はいったいどこへかくれたのか。堤防も破れている。婦女子は織りものどころでなく、農夫は鋤を手に泣くばかり。村のお宮にあれほど供物をささげて、神という神に祈りつくしたのに、天はこたえてくれなかったのだ。

この世に神などあるものか。だれが、いったいこの農民のふかい歎きをおさめることができよう。旅へ出たついでに里人のはなしをきくともなくきいていたら、ことしは作物の出来がよくて、いつもの倍ほど働けた。気温もよく、手をつくして土を耕し、雑草もひきぬいて朝夕世話したのに、にわかのこの暴風雨は、根こそぎ作物を流し去った。こんなことをかなしみ泣かずにおれようか。

和尚も山上の庵で、おろおろして、歎きかなしんでおられた様子がしれる。研究家にいわせると「寛政甲子の夏」とあるが、甲子は寛政にはなかったそうで、たぶん翌年の文政元年のあやまりだろう、と解釈される人がある。私にはいまどちらでもよくて、とつぜん起きた暴風の災禍にうろたえた頭陀行の詩人が、どんな感懐をもっていたかが知りたかった。後半三、四行の詩句は、「聞書抄」の「三太夫の話」を思わせる。三太夫は星が出るまで懸命に働いて、水路をつくったが、とつぜん不思議なもぐらがきて、土をもりあがらせた。そのために気がふれた。甲子の夏の大風雨も、作物の出来がよかった年でいつもの倍ほど働く気分がして、人々は秋の穫入れを待っていたようだ。そんな夏の一夜、とつぜん悲劇に見舞われた。

「聞書抄」にまた次のような話が出てくる。

「地蔵堂村の西の川岸に旅籠三軒といひて、昔は三軒の旅館丈なり。現今の『のとに』もその一軒と云ひ伝ふ。地蔵堂は昔より近在の農水産物の集散地にして市を立てり。それゆゑ近在農民は「町」とよべり。寺泊方面より魚類を、粟生津、弥彦方面より農産物を持ちよりて、帰りに、衣類、道具の類を買ふなり。商業も繁昌す。どの商家も雁木を張りたる戸口。一間はばの軒下道路を通行す。旅籠三軒に宿泊するは卸問屋の番頭、旅人なり。女衒は飢饉にかぎりて現はれ、みな上州より反物売りに来たるもをかし。商店に反物を卸し、代金を手にすれば、これを元手にして娘買ひする也。すなはち娘らの喜びさうなる着物地を包み、農家をたづね、行商人のふりして娘の年頃、器量を値踏みす。上州、中仙道の宿場にゆけば、身入りよき職業ありといふ。飯盛に売る腹なれど真実はいはじ。洪水に田畑を埋められし家々は、疫病にかかり、寝込みたる年寄りあれば、喰ひつきて番頭に前借を申し出て娘を売れり。秋の末にくること多し。雪ふかき里なれば、喰ひもののなき冬を恐れて、思案投げ首の農家の多きを目につけたる商なり。多きときは一部落に十人つれをなして娘ら消ゆ。帰る者少なし。みな上州路に消えるなり」

「聞書抄」の「娘買ひ」という項目に出てくる文章である。村西兵太郎翁が、地蔵堂や、付近の農家の年寄りから聞いた娘買いの事情である。旅籠に泊って、反物を商う番頭ふうの男は野良着用の綿布や麻布を売りにきたのだろう。不作のつづく年は上等の物は売れなかったろうから。それにしても、反物を金に代えたあと、それを元金に娘を仕入れて帰る才覚は商に徹した話である。思いだしたのは木崎宿場でみた、蒲原郡下の娘たちのことである。たしか、頼心妙覚信女と彫られていたのには「越後国蒲原郡地蔵堂村　俗名ちか　行年廿一歳」とあった。施主は二見屋長左衛門で抱え主だろう。さらに「玉堂当門位」とあって俗名も彫まれずに「越後国地蔵堂大竹町　施主西野屋清　文政四年巳八月」とあった。さらに「妙信禅定尼　越後国地蔵堂大武　文政四巳年正月廿四日」ともあった。大通寺だけでも、私は三基の地蔵堂出身の飯盛女の墓を見ている。ちかは二十一歳。俗名の彫られてなかったふたりも一しょに村を出たつれだろう。反物屋につれられていった集団のうち、瘡病にかかって死んだのだ。村西翁の何げない聞書も、重たい行間をもって胸をしめつけた。

「魚市場は願成寺に近き町なかなり。寺泊より来たる漁師ら戸板に鮮魚をならべて勢ひよく声かけて売るなり。へえい一貫、へえい二貫とよぶなり。一日良寛和尚町を歩きたまへり。天気の日は和尚も山ぐらしを出でて町に来たまへるなり。和尚魚を好みたまふ。さればせり市場の人ごみのうしろより見物され、漁師のかけ声の一貫、二貫を口ずさみたまふはをかし。しばらくして和尚市場より願成寺に向ひたまふ。親しき住職ありて、よくひるげをよばれることありしなり。子供ら和尚につきて歩く。口ぐちに、『良寛さーん一貫』といふ。和尚おどけて、胸をそらせ『一貫』と口ずさみたまふ。子供ら『良寛さーん二貫』といへば、二どの胸そらせなり。三どなれば三どの胸そらせなり。願成寺にいたりて、子供らとかくれんぼしてあそびたまふ。庭隅に鐘楼ありて、つねは干藁(ほしわら)薪木の類を積みおかる。和尚格好のかくれ場所とて、その中にもぐりたまふ。しかれどタバコ好きの和尚なれば、煙管(きせる)をとりだして吸ひたまふ。薪の山より白煙のぼりて見ゆ。願成寺住職これを咎(とが)めていふ、「和尚火の用心だけは頼む」となり」

翁の「聞書抄」に出る良寛像はこれだけの話しかでてこない。しかし、この一貫二貫の話は何かでよんだことがあった。谷川敏朗氏の「良寛の生涯と逸話」にあったようにも思う。また、願成寺でのかくれんぼの話もいつか泊った宿の主人からもきいた。これらの話は村西翁の聞書がもとになったのか、それとも話の方が先だったかどっちかわからない。が、国上の山から地蔵堂にきて和尚は日ぐれまで子供らとあそんだ話は町の人々に云いつたわったのだろう。

この里に手まりつきつつ子供らとあそぶ春日はくれずともよし

和尚の歌には子供の出てくるのが多い。次の長歌もある。

冬ごもり　春さりくれば
飯乞ふと　草の庵を
たち出でて　里にい行けば
たまぼこの　道のちまたに
子供らが　今を春べと
手まりつく　ひふみよいむな
ながつけば　わはうたひ
あがつけば　なはうたひ
つきて歌ひて　かすみたつ
長き春日を　暮らしつるかも

大杉の林の下のくがみ集落や、地蔵堂の子らを相手の歌だったなら、娘の売られた家の頑是（がんぜ）ない弟や妹がまじって不思議はなかった。「長き春日をくらしつるかも」の余韻から、上州の人にはじゃんかな姉は居残っているだろうといわれた村里で、そのじゃんか姉までが姿を消したかなしみがつたわってくる。世を捨てた人は、手毬でもついて、幼な子らとあそぶしか道がなかった。こんな漢詩がある。

十字街頭食を乞い罷む
八幡宮辺方に徘徊す
児童相見て共に相語る
去年の痴僧今また来る

自嘲もまじっているようだが、ながく山にこもっていての里歩きなら、子供らも、ああまた、おかしな坊さんがやってきたと云いあったのかもしれぬ。村西兵太郎翁ならこの詩をさしずめどのように解釈されるか。私はまだ訊ねてみる日をもたない。

P+D BOOKS ラインアップ

P+D BOOKS ラインアップ

山中鹿之助	松本清張	●松本清張、幻の作品が初単行本化!
秋夜	水上 勉	●闇に押し込めた過去が露わに…凛烈な私小説
鳳仙花	中上健次	●中上健次が故郷紀州に描く〝母の物語〟
魔界水滸伝 1	栗本 薫	●壮大なスケールで描く超伝奇シリーズ第一弾
魔界水滸伝 2	栗本 薫	●〝先住者〟〝古き者たち〟の戦いに挑む人間界
どくとるマンボウ追想記	北 杜夫	●「どくとるマンボウ」が語る昭和初期の東京
剣ケ崎・白い罌粟	立原正秋	●直木賞受賞作含む、立原正秋の代表的短編集
サド復活	澁澤龍彥	●澁澤龍彥、渾身の処女エッセイ集

（お断り）

本書は1990年に福武書店より発刊された文庫を底本としております。
あきらかに間違いと思われるものについては訂正いたしましたが、
基本的には底本にしたがっております。
また、底本にある人種・身分・職業・身体等に関する表現で、現在からみれば、
不当、不適切と思われる箇所がありますが、著者に差別的意図のないこと、
時代背景と作品価値とを鑑み、著者が故人でもあるため、原文のままにしております。

P+D BOOKS

ピー プラス ディー ブックス

P+Dとはペーパーバックとデジタルの略称です。
後世に受け継がれるべき名作でありながら、現在入手困難となっている作品を、
B6判ペーパーバック書籍と電子書籍で、同時かつ同価格にて発売・発信する、
小学館のまったく新しいスタイルのブックレーベルです。

秋夜

２０１５年５月25日　初版第１刷発行
２０２３年８月９日　第６刷発行

著者　水上勉
発行人　石川和男
発行所　株式会社　小学館
〒１０１－８００１
東京都千代田区一ツ橋２－３－１
電話　編集　０３－３２３０－９３５５
販売　０３－５２８１－３５５５
印刷所　大日本印刷株式会社
製本所　大日本印刷株式会社
装丁　おおうちおさむ（ナノナノグラフィックス）

ISBN978-4-09-352216-8

P+D BOOKS